심장이
뛰지 않는

소년을
사랑하면

심장이
뛰지 않는

소년을
사랑하면

하가라 산스케 장편소설

이지북
EZbook

시간을 건너는 뱀파이어

황금빛 눈동자, 그 위에 안개처럼 덮인 붉은 기운. 그리고 빛을 빨아들이는 듯한 검은 머리. 시간을 건너는 뱀파이어가 가진 외적인 특징이다. 머리 형태는 조금씩 차이가 있지만 눈은 예외가 없다.

시간을 건너는 뱀파이어가 보통 뱀파이어보다 피에 대한 갈망이 더 강하지는 않다. 개인차가 크지만, 오히려 보통 뱀파이어보다 자제력이 강하기 때문에 피를 이유로 폭주하는 경우는 별로 없는 편이다.

차이점이 있다면 보통 뱀파이어보다 더 높이 도약할 수 있고 힘도 더 세다. 피 냄새도 훨씬 세밀하게 맡고 구별할 수 있다. 인간인 상태에서 죽기 직전에 물리고, 자신을 문 뱀파이어를 희생시켜 뱀파이어가 되므로 개체 수가 적은 편이다.

물리고 나서는 의외로 인간과 다름없이 살아간다. 자신에게 목숨을 주고 죽은 뱀파이어를 기억하지 못하는 것은 물론이고 자신이 뱀파이어라는 자각 자체가 없다. '각성' 전까지는 보통 인간처럼 늙음을 경험하고 인간이 먹는 음식을 먹으며 살아간다. 일반적으로 죽음을 맞음으로써 각성하게 된다.

보통 뱀파이어가 물리고 난 후 인간의 삶을 연장하는 꼴로 산다면, 시간을 건너는 뱀파이어는 아예 다시 태어나며 새 삶을 시작한다. 시간을 건너는 뱀파이어로 눈을 뜨게 되면 그전까지 맺었던 모든 관계가 기억 속에서 사라진다.

시간을 건너는 뱀파이어가 되었다고 해서 당장 시간을 건널 수 있는 것은 아니다. 시간을 건너기 위해서는 '영생'을 얻어야 한다. 시간을 건너는 뱀파이어로 각성한다 하더라도 영생을 얻지 못하면 보통 뱀파이어와 별반 다름없는 삶을 산다.

시간을 건너는 뱀파이어는 인간처럼 늙다가도 각성 이후 물렸던 시기의 모습으로 되돌아간다. 대부분의 경우, 미래에서 각 뱀파이어 가문의 '어르신'이 찾아와 데려가므로 시간을 건너는 뱀파이어로 다시 태어나는 순간부터 인간과 함께 사는 경우는 별로 없다.

시간을 건너는 뱀파이어는 특유의 능력 덕분에 명성을 얻어 왔다. 의식주도 그다지 필요 없는 뱀파이어에게 명성은 아주 가치 높은 재산이 된다. 명성이 높을수록 좋은 대접을 받는다.

시간을 건너는 뱀파이어가 미래로 가면 어르신의 집에서 살게 된다. 그것은 어르신으로서 해야 할 의무이자 권리이다. 자신의 집에 시간을 건너는 뱀파이어가 많을수록 어르신의 명성은 높아지고, 인간의 삶이 끝난 뱀파이어에게는 살 곳이 생기는 것이다.

어르신은 가솔의 독립에 크게 관여하지 않는다. 가솔들이 먹는 피는 주로 어르신과 집 안을 관리하는 뱀파이어들이 채혈해 온다. 뱀파이어가 먹는 피는 직접 채혈하기도 하지만 대부분 인간에게서 공급받는다. 혈액은 집에서 보관하는데, 나중에 사용할 수 있도록 가공하는 과정을 거친 이 혈액은 발화할 수 있게 된다.

시간을 건너는 뱀파이어를 제외하면, 보통 뱀파이어가 가지는 개성은 아주 다양하다.

소녀

삼월의 첫날은 으레 십이월의 마지막 날이나 일월의 첫 날보다 긴장되고 설레기 마련이다. 꽃다발과 졸업장을 들고 사진을 찍을 때까지 한참을 덜덜거리는 순간은 시간이 지나면 아련해진다지만, 새 학기를 앞두고는 그저 두근거리고 당황스러워 동동거릴 수밖에 없다.

다소 잔인하기까지 한 그 설렘은 교복을 손등으로 털고 있는 소녀에게도 가득했다. 소녀는 입술을 쪽쪽 빨며 교복 먼지를 털었다. 오래가지는 않았다. 먼지를 털다가 아무렇게나 묶은 머리를 다시 묶었다. 구겨져서 묶여 있던 머리가 아무렇게나 구부러진 채 등에 늘어뜨려졌다. 가지런히 놓여 있는 가방 지퍼를 열어젖혔다. 손이 조금 떨려서 신경질을 부리는 것처럼 보였다. 잉크가 충분히 차 있는 새 펜을 자꾸 꺼냈다 넣기를 반복했다.

소녀의 얼굴은 하였다. 바닥만 살짝 데운 보일러 때문인지 지글지글 끓도록 올린 온도 때문인지 두 뺨은 붉게 물들어 있었다. 별생각 없이 입을 삐죽거리던 소녀가 멍하니 교복을 쳐다보았다. 방학내 옷장에 있던 짙은 감색 교복은 칼주름이 잡혀 있었다.

소녀는 은색 실로 수놓인 자신의 이름을 물끄러미 쳐다보다가 짧은 시선으로 한 글자씩 짚어 나갔다. 그러고는 한숨을 쉬며 침대 위로 몸을 던졌다. 티셔츠의 늘어난 목이 어깨까지 내려왔지만 소녀는 애써 올리지 않았다. 벽에 붙은 전신 거울에 정갈하게 걸린 교복과 아무렇게나 드러누운 소녀가 걸렸다. 고민과 불안이 가득한 얼굴이었다.

방문 너머로 엄마의 목소리가 들렸다.

"교복 다 다렸어?"

소녀는 고개만 빼고 대답했다.

"그거 세탁소에서 찾아온 지 얼마 안 된 건데."

"빨리 다려."

단호한 엄마의 말에 소녀는 몸부림을 치며 바닥에 발을 내려놓았다.

겨울이 지나갔다고 하지만 여전히 얼음이 어는 날씨 탓

에 다리미가 내뿜는 열기는 뜨겁다기보다 따뜻했다. 소녀는 교복을 모두 다리고 다리미에 남은 잔열을 즐겼다. 발을 빈틈없이 잡아 주는 두꺼운 등산용 양말로 사지말단의 열 손실을 막은 채 옹송그리고 앉아 즐기는 다리미 난로는 나름 소박하고 아기자기한 맛이 있었다. 벽을 차지한 커다란 유리는 커튼이나 블라인드 따위로 덮개를 덮어도 열을 너무 많이 빼앗았다. 소녀의 방 창문이 이 집에서 제일 컸기에 소녀는 겨울이면 집 안에서도 핫 팩을 끌어안고 있을 때가 많았다.

다리미 난로는 오래가지 않았다. 어깨를 움츠리고 다리미를 쐬던 소녀를 엄마가 불렀다. 엄마는 딸에게 음식물 쓰레기봉투를 건넸다. 굉장히 바빠 보였다. 가스레인지 위 냄비 몇 개가 동시에 김을 뿜으며 물 끓는 소리를 냈다. 냉장고 청소를 했는지 바닥에는 행주가 한가득 담긴 통이 있었고 식탁 위에는 반찬 통이 즐비했다.

엄마가 대수롭지 않게 말했다.

"그거 버리고 와서 저녁 먹으면 되겠다. 찌개 다 끓을 때쯤 아빠도 서류 보내 달란 전화 끊겠지."

소녀는 말없이 패딩을 꺼내 입었다. 가볍지만 두텁게 달라붙는 외투에 소녀가 팔을 최대한 들어 올렸다. 소녀는 엉덩이를 옆으로 쭉 빼고는 봉지를 들지 않은 손으로 현관문을 열었다. 문을 열자마자 보이는 앞집 현관문에 소녀가 시선을 줬지만, 곧장 도착한 엘리베이터에 눈길을 돌렸다.

소녀의 집 식사 풍경은 단순했다. 엄마와 아빠는 나란히 앉았고 소녀는 그 앞에 마주 앉았다. 식사 중에 말을 거의 않는 소녀와 달리 부모님은 도란도란 이야기 나누는 것을 좋아했다. 소녀는 가만히 앉아 부모님이 나누는 대화를 듣는 것을 좋아했다. 어쩌면 익숙해서 좋다고 느끼는 것일 수도 있겠지만, 어쨌든 좋아했다. 부모님이 나누는 대화 주제는 회사, 공부, 사람, 돈 등 종류를 나열할 수 없이 많고 일상적이었다. 좋아하는 것과는 별개로 소녀는 부모님의 이야깃거리에 큰 관심을 두지 않았다. 대부분 어른들의 이야기라 소녀가 흥미를 둘 만한 주제가 없었다. 어제까지만 해도 그랬다. 그런데 오늘 대화에는 소녀가 관심을 가질 만한 주제가 끼어 있었다.

"참, 앞집 돌아왔더라."

엄마가 잊고 있던 것이 갑자기 생각났다는 듯 말하자 아빠가 밥그릇을 긁다 말고 엄마를 쳐다보았다. 소녀는 이미 뜬 밥을 반으로 나눠 입에 넣었다. 아삭한 김치에 아기 주먹만 한 고기를 건져 오랫동안 씹었다. 엄마는 아빠를 보며 말을 이었다.

"입국은 다 했는데 아직 이것저것 할 게 많은가 봐."

"갑자기 돌아온 거래?"

"음, 그런 것 같긴 했어. 낮에 봤을 때 별말은 없었는데 얼굴색이 안 좋은 게 영……. 애도 애 아빠도 몸 상태가 안 좋은 것 같고."

"왜?"

"살이 쏙 빠졌더라고. 정착은 아니었지만 타지에서 생전 안 쓰던 말 써 가며 돈 버는 게 어디 쉽나. 아까 애 엄마는 학교에 갔다 온 모양이더라고. 아무래도 급했겠지. 당장 내일이 개학이니."

엄마가 혀를 찼다. 안타까움이 묻어나는 얼굴로 보건대 많은 대화가 오간 모양이었다. 소녀의 엄마와 앞집 아주머니는 꽤 친분이 있는 사이였다. 이제 슬슬 낡기 시작한 이 아파트에서 자식이 고등어 한 토막만 하던 어린이집 시절부터 완연한 성인의 형태에 근접한 지금까지 이웃사촌으로 살았다. 김장도 같이 하고 쇼핑도 같이 다녔다. 가끔은 휴가도 같이 갔고 부부 동반 여행도 스스럼없이 갈 정도였다. 숟가락 개수까지 다 알 정도의 친분은 아니어도 단순 이웃사촌보다는 친구에 더 가까운 관계였다.

소녀가 물었다.

"어디 학교로 간대?"

"글쎄, 그건 안 물어봤네. 얼굴색이 워낙 안 좋아서. 너네 학교로 가지 않을까? 여기서 제일 가까운 고등학교가 거기뿐이잖니. 남고로 보내자니 버스만 사십 분은 타야 해서."

엄마는 고기만 씹는 소녀에게 밥을 조금 더 퍼 주었다. 소녀는 부른 배에 맨밥을 밀어 넣고 방으로 들어갔다. 그새 바깥 한기가 가득 찬 방은 절로 발가락을 오그라들게 할 만큼 추웠다. 불 꺼진 방으로 달빛이 스며들고 있었다. 불투명한 창에 우글우글하게 쏟아지는 달빛은 소녀가 누른 형광등 스위치에 흔적도 없이 사라졌다. 살짝 길이 든 교복을 보던 소녀가 이불 속으로 꼼지락거리며 들어갔다. 어두워지기 전부터 달달 떨리던 손이 조금 더 심하게 떨리는 것 같았다. 소녀는 이유를 알 것 같기도 한 애매한 압박감에 얼굴을 찌푸렸다. 침대 맞은편에 있는 거울에 찌푸린 자신의 얼굴이 보였다. 소녀는 거울 속 자신을 한참 노려보다가 불도 끄지 않은 채 잠이 들었다.

다음 날 소녀는 아주 일찍 일어났다. 바깥은 아직 어둑어둑했다. 평소라면 맞춰 둔 알람이 모두 울려도 꿈쩍하지 않았을 테지만 오늘은 첫 번째 알람에 눈을 떴다. 정신이 들어도 몸은 여전히 비몽사몽인 소녀가 한참을 뜬 눈으로 누워 있었다.

"일어나! 학교 가야지!"

문밖에서 엄마의 우렁찬 목소리가 들렸다. 일어나야 했다. 지금 일어나지 않으면 엄마가 직접 이불을 들춰 겨울바람에 사로잡힐 것이 불 보듯 뻔했다. 이불 밖으로 내뻗는 다리에 찬기가 달라붙었다. 소녀가 아침 추위에 진저리를 치며 화장실로 들어갔다. 샴푸를 마친 머리카락을 수건으로 박박 문지르고 나온 소녀는 제일 먼저 고데기 코드를 콘센트에 꽂았다. 그리고 고데기가 뜨거워지기 전에 입김을 불어 자잘한 먼지를 날려 보냈다. 전원 표시등이 빨간 불에서 초록 불로 바뀌기를 기다리며 이것저것 얼굴에 뿌려 발랐다. 눈썹 바로 위에 뾰루지가 나 있었다. 소녀는 그것을 손톱 끝으로 건드리다 아예 짜 버렸다. 소녀가 마침내 열이 오른 고데기로 머리와 씨름하고 있을 때, 소녀의 가족도 각자의 아침을 맞았다.

엄마는 달걀 여러 개를 깨뜨려 두툼한 달걀말이를 부쳤다. 넥타이를 매는 남편과 방 안에서 꼼지락거리는 딸에게 줄 아침 반찬이었다. 소녀는 문틈으로 넘어오는 부엌의 기름 냄새를 맡으며 머리를 폈다. 잠깐이지만 제법 빨리 능숙해진 손놀림에 다행히도 머리카락은 타지 않았다. 그렇다고 아이돌처럼 예쁜 머리가 되지는 않았지만, 그런대로 다듬은 티가 났다. 소녀는 코드를 뽑고 일어나 엉덩이를 대충 털고는 방문을 열었다. 현관 도어록이 잠기는 소리와 고소하게 익은 달걀 냄새가 머리카락 굽던 냄새를 덮었다.

"아유, 매일 새 학기였음 좋겠네. 혼자 머리하는 걸 다 보고."

딱딱한 말투지만 엄마는 정말로 감격한 것 같았다. 소녀는 말없이 씩 웃고는 젓가락을 집어 들었다. 엄마가 식탁에 올린 반찬이 많았는데도 머리 손질에 너무 많은 시간을 할애한 소녀는 달걀말이 몇 개와 감자조림 두어 개만 먹고 자리에서 일어났다. 교복에 가방까지 멘 소녀는 방문 옆에 두었던 신발 가게 쇼핑백을 들고나왔다. 바스락거리는 종이 소리가 나는 포장지에 새로 산 운동화가 싸여 있었다. 소녀는 코를 한 번 삼키고는 신발 끈 사이에 걸린 태그를 끊어 냈다. 발 전체를 감싸는 딱딱한 운동화를 신고 소녀는 위아래로 콩콩 뛰었다. 신발 한쪽이 약간 끼는 것 같았다.

소녀가 활기차게 말했다.

"엄마, 학교 다녀올게요."

엄마의 배웅을 받으며 문을 닫은 소녀는 익숙하게 엘리

베이터 하강 버튼을 눌렀다. 몸에 익숙한 일인 듯 기계처럼 소녀의 시선은 앞집 현관문에 꽂혀 있었다. 오래된 연회색 철문은 세월의 상처를 몇 개 가지고 있었다. 엘리베이터는 한 층 한 층 천천히 올라오고 있었다. 현관을 닫고 나온 뒤로 소녀는 정말 기계인형처럼 서 있었다. 표정 없는 얼굴에 눈동자의 초점도 점점 사라져 갔다. 한쪽 발은 딱딱한 복도 바닥에 계속 부딪히고 있었다. 소녀는 발을 톡톡거리는 것을 멈추고 외투 주머니 속 동전을 짤깍 소리 나게 섞었다. 그때 엘리베이터가 땡 소리를 내며 열렸다. 소녀는 한 치의 망설임도 없이 엘리베이터에 올라탔다. 이미 만원인 탓에 소녀는 엘리베이터 제일 앞에 운동화 코를 대고 섰다. 닫힐 때까지 약간의 시간이 있었지만 소녀는 그저 새로 산 운동화만 내려다보며 중얼거렸다.

"새건데."

신발 앞코에 동전 크기만큼 묻은 얼룩 때문에 소녀는 잠깐 입을 삐죽였다. 소녀는 그날 집으로 들어갈 때까지 신발을 쳐다보지 않았다.

새 운동화의 얼룩은 소녀가 느낀 긴장감에 비하면 신경 쓸 거리조차 못 되었다. 소녀의 발이 걸음걸음 활기차게 움직이는 것처럼 코트 주머니에 꽂혀 있는 손이 잠시도 가만 있지를 못했다. 누그러들지 않은 삼월의 아침 추위는 코트 속을 그대로 파고들었다. 소녀가 턱을 덜덜거리며 혼잣말을 했다.

"아, 패딩 입을걸. 추워 죽겠네."

장갑을 끼지 않은 손에 닿는 공기와 얼은 동전은 차가웠지만 소녀는 그다지 개의치 않았다. 신경 쓸 겨를이 없었다.

소녀의 집에서 학교로 가려면 주택단지에서 만들어 놓는 상가를 지나야 했다. 상가에는 주민들과 학생들을 주 손님으로 하는 가게들이 도로 쪽에 문을 내고 있었는데 그 시간에 문을 여는 가게는 편의점뿐이었다. 소녀는 편의점에 들어가 초콜릿 몇 개를 샀다. 주머니 속에서 꽁꽁 언 손가락을 비닐 포장지가 찔러도 소녀는 손가락을 움직이는 것을 멈추지 않았다.

걸어가다 보니 어느새 학교 입구였다. 소녀가 학교 입구 유리문에 붙은 배치표를 보며 말했다.

"똑 떨어졌네, 똑 떨어졌어."

소녀의 반은 건물 끝 쪽에 바로 붙은 교실이었다. 중앙 계단으로 다니기에는 거리가 너무 멀었기에 그쪽에 교실이 있는 학생은 학년에 상관없이 끝 쪽 계단으로 다녔다. 소녀는 느릿하게 걸어갔다. 입술에 경련이 느껴지는 건 추위 때문일 거라고 애써 생각했다. 그러나 소녀의 심장이 두근거리는 소리가 귓전에 울리는 것을 느끼자 한숨을 내쉬었다.

"이게 설레는 거면, 진짜 별로다."

소녀의 반은 계단 끝에서 바로 옆으로 꺾으면 나오는 교실이었다. 여자애들이 뭉텅이로 있는 분단 끝에 엉덩이를 붙인 소녀가 주위를 둘러보았다. 소녀의 얼굴이 살짝 일그러졌다. 반 배정 때부터 알고 있기는 했지만 아는 사람이 하나 없는 새 학기는 가혹하지 않을 수 없었다. 소녀는 시계로 눈길을 돌렸다. 시간이 적게 남은 것은 아니었지만 다른 반에 다녀오기에는 촉박했다. 다시 새 친구들에게로 시선을 돌렸다. 아이들은 작년에 이어 또 같은 반이 된 건지 벌써 친해진 건지, 옹기종기 모여 재미있게 놀고 있었다. 소녀는 그들을 둘러보다 초콜릿을 까서 입에 넣었다. 워낙 추운 탓에 굳은 초콜릿은 코코아 향 양초 같았다. 소녀는 우적거리다 말고 옆자리 아이에게도 초콜릿을 건넸다. 그 아이도 소녀와 별반 다를 것 없던 처지였는지 많이 망설이지 않고 받아 들었다. 소녀는 초콜릿을 앞자리 아이에게도 그 아이 옆에 앉은 아이에게도 나누어 주었다. 나눠 주면서 말을 붙여 보기도 했다. 어색하기 그지없고 어설픈 통성

명에 소녀는 잔뜩 움츠러들어 있던 몸을 조금 폈다. 그들의 대화는 오래가지 않았다. 소녀는 끊긴 대화에 큰 아쉬움은 없었지만, 다른 아이들은 계속 대화거리를 찾는지 열심히 눈을 굴렸다.

소녀는 갖고 있던 초콜릿 중 가장 큰 것을 입에 넣고 이로 초콜릿을 끌어당겼다. 입 안에 엉기는 초콜릿이 느끼해서 소녀의 신경은 온통 그쪽에 쏠려 있었다. 그러다 아주 자연스럽게 혼자만의 생각으로 흘러들었다.

*

소녀는 자꾸만 시계를 쳐다보았다. 소녀의 새 학년 담임은 이마누엘 칸트처럼 시간을 칼같이 지키기로 유명한 국어 선생님이었다.

'문이 열리면⋯⋯.'

소녀의 입술이 달달 떨렸다. 히터 바람에 바싹 마른 입술에서 얇은 종이를 구기는 듯한 소리가 났다. 선생님이 들어오기로 한 시간에 시침이 닿았다. 그러나 시침이 옆쪽으로 완전히 움직일 때까지 당연히 왔어야 할 선생님은 들어오지 않았다.

"음."

소녀가 볼을 부풀리며 긴장한 상체에 힘을 빼자 등이 새우처럼 둥글게 굽었다. 소녀의 반 아이들 몇몇 역시 아쉬움과 놀람이 섞인 한숨을 쉬었다. 시간이 계속 흐르고 아이들이 다시 왁자지껄해질 무렵 선생님이 문을 열고 들어왔다. 선생님이 들어오기만을 기다리던 어떤 남자애가 말했다.

"선생님, 늦었어요!"

자신의 생활 리듬이 깨진 것일 텐데 선생님은 별다른 설명 없이 그저 출석부를 교탁에 내려놓을 뿐이었다.

"어, 좀 늦었다."

"저 쌤 늦는 거 처음 봐요."

"그러게. 오늘 전학 올 애가 있었는데, 문제가 좀 생겨서."

"전학생 와요?"

"응. 근데 오늘은 못 온대."

간단하게 대답한 선생님이 출석을 부르기 시작했다. 소녀는 싸이퍼를 준비하는 랩퍼처럼 하악과 상악을 비틀며 입을 풀었다. 출석 확인이 끝나자 아이들은 다시 수다스러워졌다. 마지막 이름이 불릴 때까지 불리지 않은 전학생의 존재는 새까맣게 잊어버린 듯했다.

덜덜 떨었던 것이 무색하게 소녀는 빠르게 적응해 나갔

다. 친구들과도 매우 친해졌다. 짝꿍이 된 남자애는 넉살이 좋아 친해지기 쉬웠다. 긍정적으로 흘러가는 학교생활에 소녀는 괜찮은 한 해가 될 것 같다고 막연하게 생각했다. 전학생은 소녀가 방과 후 어두운 하굣길에 적응할 때까지도 오지 않았다. 이렇게나 오래 전학이 지연되는데도 선생님은 별다른 말을 하지 않았다. 소녀는 조금 궁금했지만, 굳이 물어보지 않았다. 전학생은 다른 아이들의 관심과 기억에서도 조금씩 사라져 갔다. 텅 빈 책상이 보여도 반 아이들은 그저 잔여분으로 생각하는 것 같았다.

소녀는 학교가 끝나면 늘 혼자 걸어갔다. 학교와 집까지 거리가 먼 것은 아니었지만 친구들과 집 방향이 달랐다. 게다가 소녀는 굳이 같이 갈 사람을 찾지 않았다. 가로등이 켜진 조금 삭막한 거리를 혼자서 조용히 걸어가는 것을 좋아했다.

막연히 걷기만 하는 것은 또 아니었다. 소녀는 하굣길에 학교 횡단보도를 건너자마자 보이는 카페에 가끔 들렀다. 초콜릿을 좋아하기는 하지만 마시는 것은 그리 즐기지 않는 소녀는 며칠을 고민하다 핫초코 한 잔을 주문했다. 한 뼘 크기의 컵에 핫초코가 가득 담겨 나왔다.

"와, 맛있다."

땅만 보고 걷던 소녀의 시야에 아파트 단지 입구 화단이 들어왔다. 화단을 지나면 금방 소녀의 집이 있는 아파트 동이었다. 소녀는 터덜터덜 단지 안으로 들어섰다.

소녀의 아파트 단지 안에는 주민 모두가 애용하는 벤치가 하나 있었다. 아파트 입구와 소녀의 아파트 동 사이에 있는 벤치였는데, 달이 정면에서 보여 달이 뜰 때면 벤치가 달빛으로 가득 채워지고는 했다. 단지 주민이라면 누구든 찾아오는 그 벤치는 달맞이 의자라고도 불렸다. 벤치에는 아무도 없었다. 날이 덜 풀린 삼월인 데다 늦은 밤이라 그런 듯했다. 소녀는 벤치를 쳐다보다 발끝으로 눈덩이를 걷어찼다. 딱딱하게 얼은 눈덩이가 아스팔트 바닥에 부딪혀 맑은 소리를 냈다.

소녀는 벤치에 엉덩이 끝만 대고 앉았다. 보름달이 유난히도 크고 밝은 날이었다. 소녀가 코를 훌쩍이며 달을 보다가 눈을 천천히 깜박였다. 습관적으로 마시던 핫초코에서는 아직 김이 피어올랐다. 멍한 얼굴로 달을 보던 소녀가 다 마신 종이컵을 구기며 일어섰다. 구긴 컵을 쓰레기통에 던져 넣은 소녀는 처음과 별반 다르지 않은 걸음걸이로 걸어갔다. 소녀는 입구 앞 보도블록 길이 아닌 뒷길로 걸어갔다. 집으로 가는 지름길이었다. 소나무와 진달래로 꾸며진

뒷길은, 아직 피지 않은 꽃에 휑한 느낌만 났다. 게다가 나무 사이사이는 사람들 발에 밟혀 벌겋게 오솔길이 생겨 있었다.

소녀는 발에 힘을 주고 걸었다. 새 운동화가 흙길에 자꾸만 눌렸다. 소녀는 아파트 입구 계단에 운동화를 긁어 흙을 털었다. 얼마나 세게 걸었는지 아침까지만 해도 깨끗하던 운동화 밑창이 흙물에 물들어 있었다. 바람도 불지 않아 삭막한 가운데 소녀가 신발 긁는 소리만 울렸다. 그때 주변에서 뭔가 꿈틀, 움직였다. 소녀가 고개를 들었지만 소녀가 본 것은 헤드라이트를 켜고 들어오는 차였다. 차는 소녀 앞을 지나 지하 주차장으로 들어갔다. 소녀는 왜인지 모르게 차 뒤꽁무니가 사라질 때까지 쳐다보았다. 사위가 고요했다. 갑자기 오한이 든 소녀가 아파트 안으로 달음박질쳐 들어갔다.

이상한 기분은 쉽게 사라지지 않았다. 뚱한 얼굴로 가방과 옷을 정리하던 소녀는 창문에 무언가 어른거리는 것을 보고 재빠르게 움직여 창문을 벌컥 열었다. 긴장이 잔뜩 들어간 행동이었으나 밖은 소녀의 행동이 무안스러울 정도로 조용했다. 창문에도 벽에도 아무 것도 없었다. 내려다보이는 땅에 소녀가 걷어찬 눈덩이가 깨진 흔적만 허옇게 남아 있었다.

소녀가 뚱한 목소리로 중얼거렸다.

"뭐야, 재미없게."

*

생활에 적응한 만큼 등교 준비도 능숙해졌다. 게다가 오늘은 평소보다 준비가 빨리 끝났다. 머리 손질만 하면 모든 준비가 끝나는데, 소녀는 열이 오른 고데기를 마뜩잖은 표정으로 보고만 있었다. 입이 댓 발 나온 채 중얼거렸다.

"힘들다, 힘들어."

소녀가 마지못해 머리에 고데기를 가져다 댔다. 아무리 해도 소녀의 머리 손질은 아직 어색했다. 간신히 머리를 다 편 소녀가 얼굴에 로션을 때리듯 바르고 방 밖으로 튀어나왔다. 아빠는 이미 출근을 한 뒤라 집에는 소녀와 엄마만 있었다. 엄마는 방 안에서 무언가를 하고 있었다.

"엄마, 알바 오늘부터 시작이야?"

"응, 첫날이라 좀 바쁘네."

"파이팅. 저는 학교 다녀올게요."

소녀는 식탁 위에 항상 있는 빵 몇 개를 집어 들고 엄마의 뱃고동 같은 배웅을 받으며 신발에 발을 집어넣었다. 현관을 나서기가 무섭게 엘리베이터 버튼을 눌렀지만 시선은 앞집 대문에 붙어 있었다. 습관이 되다 못해 무의식적인 행동이었다.

소녀의 친구들은 계단을 내려가거나 한참을 걸어가야 있는 교실에서 새 학기를 시작했다. 위층에 있는 교실에서 학기를 시작하는 소녀와 거리가 멀어 왔다 갔다 하면 금방 수업 시간이 되었다. 홀로 뚝 떨어져 있는 외로움에 히터 바람 아래에서도 덜덜 떨며 학기를 시작했지만, 지금은 언제 그랬냐는 듯 신나게 수다를 떠느라 입이 뜨끈뜨끈할 지경이었다.

소녀의 반이 있는 계단 앞쪽 공간에는 작고 야트막한 정원이 있었다. 학생들은 이 공간을 베란다라고 부르며 점심이나 쉬는 시간에 여기저기 모여 앉아 실내 속 야외 기분을 즐겼다. 들어가는 입구 벽에는 복도에 흔히 만들어 두지 않는 넓은 창틀이 있었는데, 남자애들은 그 위로 올라가 펄쩍 뛰어내리며 노는 데 썼고 여자애들은 걸터앉는 높은 의자로 썼다. 드러누워 자는 간 큰 아이들도 있었지만, 걸리면 선생님께 혼쭐이 났기 때문에 그런 애들은 점심 시간에도 쉽게 찾아볼 수 없었다.

소녀 역시 창틀에 올라가서 반 친구들과 떠들며 놀고 있었다. 이야깃거리가 많고 하고 싶은 말도 많은 소녀와 친구들은 한순간도 허투루 쓰지 않았다. 박장대소를 하며 웃던 소녀는 우연히 계단 아래에 있는 선생님을 보았다. 익숙한 정수리 옆에는 낯선 정수리가 있었다. 혼자 먹칠해 놓은 것처럼 새까맣기 그지없는 정수리였다.

"쌤 오셨다."

소녀가 창틀에서 폴짝 뛰어내렸다. 친구들과 우당탕 교실로 들어가던 길에 소녀는 계단을 올라오는 검은 머리를 흘깃 훔쳐보았다. 교복 위에 얇은 외투를 걸친 키 큰 남자애였다. 소녀가 자리에 엉덩이를 붙이고 흥미롭게 시계를 쳐다보았다. 큼지막한 시침이 정각에 딱 닿기 무섭게 앞문이 열리며 선생님이 들어왔다.

"쌤 대박. 딱 정각에 들어왔어."

소녀가 새삼스럽게 감탄하며 고개를 끄덕였다. 소녀의 천연덕스럽고 꾸밈없는 행동은 선생님을 뒤따라 들어온 어떤 남자애를 본 순간 멎었다.

"우리 전학생. 원래 첫날에 왔어야 했는데 사정이 좀 있었다."

선생님의 소개가 끝나자 마치 허락받은 것처럼 반 아이

들의 관심이 순식간에 남자애에게로 쏠렸다. 소년은 선생님의 소개에 고개만 꾸벅 숙였다. 기억에 낙엽 한 장만큼도 남아 있지 않던 전학생의 등장은 생각보다 큰 환영을 만들어 냈다. 소년은 키가 크고 단정한 머리를 한 창백한 얼굴이었다. 콧대 위에 테가 얇고 알이 두꺼운 커다란 안경을 얹고 있었는데 코에 눌린 자국은 없었다. 사람이 눈앞에 멀쩡히 서 있는데 질감도 양감도 느껴지지 않았다. 마치 누군가 그려 놓은 평면 속 인물 같았다. 안경 아래 얼굴과 소매 아래 손등의 피부색이 똑같은 소년은 긴장했는지 입술을 조금 달싹댔다.

"자리는 조한이 옆에 가서 앉고."

선생님이 알려 준 자리로 소년이 걸어가자 아이들의 고개가 훅훅 젖혀졌다. 소년이 내는 희한한 느낌은 남녀 할 것 없이 통했다. 전학생의 동태를 보던 짝꿍 정운이 소녀에게 뭐라고 말하는 것 같았지만, 소녀는 돌아온 앞집 친구를 보느라 정운의 목소리가 들리지 않았다.

소년은 말이 별로 없었다. 조한과 장난치거나 아이들과 쉽게 친해진 것을 보면 붙임성이 없는 건 아니었다. 말을 아예 하지 않는 것도 아니었으나 소녀와 자리가 먼 탓에 무

슨 말을 하는지 들리지 않았고 하필 소녀와 가까이 있을 때
는 입을 닫고 있었다.

소년은 목과 허리가 꼿꼿했다. 의자에 앉아 수업을 들을
때도 그랬고 걸어갈 때도 뛰어갈 때도 그랬다. 행동에 어색
함이 있는 꼿꼿함은 아니었다. 어린 시절부터 바른 자세로
생활한 사람처럼 자연스러운 자세였다. 자세 외에 표정, 몸
동작 등은 전혀 뻣뻣함이 없었다. 덕분에 고고한 듯 보이는
동시에 능글맞은 것도 같았다. 모순적인 분위기가 아무렇
지 않게 섞여 있었다.

"이마로 한자 쓰기 하냐? 얼굴 좀 펴고 봐라."

정운이 소녀의 미간을 엄지손가락으로 꾹 누르며 말했
다. 그런다고 펴질 이맛살이 아니었지만 소녀는 순순히 주
름을 폈다. 전학생을 눈이 시리도록 쳐다보던 소녀가 눈알
만 굴려 정운을 쳐다보았다.

"뭘?"

"전학생."

"내가 전학생을 뭘?"

"홀렸냐? 왜 이해를 못 하냐."

정운은 서랍 속을 뒤지며 말했다.

"전학생 안 도망가니까 눈에 힘 좀 풀라고."

"내가 막 전학생 째려봤어?"

그때였다. 소년이 의자를 밀며 일어섰다. 책 한 권을 들고 사뿐사뿐 걷는 것을 소녀의 눈동자가 쫓았다. 그런 짝꿍을 보며 정운이 픽 웃었다. 그의 웃음을 듣기라도 한 것인지 소녀의 시선이 짝꿍에게로 돌아갔다.

"왜?"

소녀가 소년에게서 간신히 시선을 떼며 물었다. 너무 집중한 나머지 소녀의 말투는 어리벙벙하기까지 했다.

"아냐, 됐다."

정운이 가볍게 말하며 책상 서랍에서 손을 뺐다. 정운의 손에는 포도 맛 사탕 몇 개가 들려 있었다. 무심하게 그것을 보던 소녀의 눈에 힘이 들어갔다.

"오!"

소녀가 번개같이, 무의식적으로 사탕에 손을 뻗었지만 정운이 손을 뒤로 빼는 것이 더 빨랐다.

"쌍포도알!"

"이건 내 거야."

정운이 윗입술을 들어 이상한 표정을 지었다. 앞니가 다 보이는 우스꽝스러운 표정인데 얼굴과 어울려 개구쟁이 같은 표정이 되었다.

"아, 진짜."

소녀가 정운을 따라해 표정을 일그러뜨리자 정운은 오히려 너털웃음을 터뜨렸다. 그는 한 알만 포장된 사탕 한 개를 소녀의 책상에 올려 주었다.

"넌 이거 하나짜리 먹어."

정운은 창문에 붙어 자신을 부르는 친구들을 향해 손을 흔들며 가 버렸다. 소녀는 자리에 덩그러니 혼자 남아 멀뚱한 얼굴로 사탕 포장지를 깠다.

"안 춥나."

발랄한 발걸음으로 가 버린 정운에게 하는 말은 아니었다. 소녀의 자세는 이제 소년 쪽으로 완전히 틀어져 있었다. 소녀도 그렇고 정운도 그렇고 수업하러 들어오시는 선생님도 그렇고, 누구도 겨울 외투를 벗은 사람은 없었다. 아직 입김이 나올 날씨였다. 이번 겨울은 추위가 유독 오래 갔다. 소녀는 며칠 동안 소년을 관찰하면서 소년이 아침 등교 때 잠깐 외투를 입고 평소에는 재킷만 덜렁 걸치고 다닌다는 것을 깨달았다. 가끔은 그것마저도 벗고 수업을 들은 적도 있었다. 소년은 수돗가에서 손을 씻을 때도 추워하지 않았고 심지어 손이 벌게지지도 않았다.

소녀가 사탕을 깨물며 중얼거렸다.

"근데 왜 혼자만 겨울이냐."

소녀가 관찰하는 건 소년의 행동만이 아니었다. 소년이 움직일 때마다 찰랑거리는 머리는 빛을 삼킨 듯 검었다. 모질이 가늘고 부드러운 머리가 윤기라고는 조금도 없는 탓에 더 검게 보이는 것 같았다. 종이에 물들인 검은 잉크 같은 머리카락이 퀭해 보일 정도로 하얀 얼굴과 잘 어울렸다. 하얗다기보다는 혈색이 없는 것에 더 가까웠다.

적당히 턱과 광대가 있는 얼굴에 볼살이 동그랗게 있었다. 살짝 붙은 볼살이 소년을 소년답게 보이게 하는 데 큰 역할을 하는 듯했다. 보기 좋게 올라온 볼살과 달리 콧대에는 살이 없었다. 적당히 솟아오른 콧대의 아래쪽 끝은 뾰족하지 않았고 위쪽 중간에는 안경이 올려져 있었다. 테가 아주 가늘었지만 그의 얼굴을 선명하게 가로질렀다. 테가 불안해 보일 정도로 두꺼운 안경알은 어지럽지 않을까 싶을 정도였다.

하지만 두껍고 커다란 안경 사이로 살짝살짝 눈이 마주칠 때면 소녀는 자신을 꿰뚫어 보는 듯한 느낌에 소스라치게 놀라고는 했다. 집요하게 보아서인지 소녀도 소년이 자신을 자꾸 쳐다보는 것 같은 느낌을 받았다. 소녀가 소년을 보려 고개를 돌리면 눈이 마주치는 경우가 종종 있었다. 앉는 자리는 상관없었다. 사물함에 책을 갖다 두려 일어나다 가도, 필기를 하다가도, 무심히 고개를 들었을 때도 그랬 다. 눈이 마주치고 나서 소녀는 재빠르게 고개를 돌렸다. 그러고는 돌처럼 앉아 있었다. 정운은 부끄럼 타는 거냐고 놀렸지만 소녀는 대꾸하지 않았다. 소녀는 기척 없는 시선 에 돋은 소름을 쓸어내리기만 했다.

소녀는 소년에게 이래저래 말을 붙여 보려고도 했으나 다가가는 것조차 쉽지 않았다. 소년에게는 사람이 많았다. 정확하게는 주변에 모여드는 사람이 많았다. 잘 웃지도 먼 저 말을 걸지도 않는 것 같았지만 여자애 남자애 할 것 없 이 하하 호호 웃으며 대화를 끝냈다.

학교에서 말을 거는 게 어려웠던 소녀는 하교 이후를 노 렸다. 그러나 그것도 좋은 선택은 아니었다. 소년은 자율 학습이나 부 활동이 끝나면 초능력이라도 쓴 것처럼 빠르 게 하교했다. 연기처럼 사라진다는 것이 어떤 느낌인지 똑 똑히 와 닿을 정도였다. 발소리가 없는 것인지 몸이 가벼운 것인지 소녀가 아무리 빠르게 준비를 마쳐도 고개를 들 때 쯤이면 소년은 이미 사라지고 없었다.

그날도 일곱 시가 조금 넘은 시간이었다. 소녀는 책상에 올려놓은 수학 문제집을 뚫어져라 노려보고 있었다. 손에

쥔 채 꽁다리를 씹느라 연필은 공중에서 내려올 줄을 몰랐다. 소녀를 빤히 보던 정운이 소녀의 팔을 툭툭 건드렸다.

"응?"

소녀가 턱만 정운에게로 돌렸다. 정운은 여전히 문제를 노려보는 소녀의 눈앞에 손을 흔들며 작게 말했다.

"문제가 안 풀려?"

"아냐, 나 문제 안 풀고 있어."

"아, 그래."

정운이 소녀를 쓱 보고는 자신의 문제집으로 눈을 돌렸다. 소녀는 심각한 표정으로 연필 꽁다리를 마저 씹었다. 소녀는 자율 학습이 끝나기 십 분 전부터 가방을 챙겼다. 물건을 챙겨 넣는 손길은 조용하고 비장했다. 마치는 종이 울리자마자 가방을 메고 자리를 박차고 나왔다. 다급하고 부산스럽게 움직이면서도 소녀는 친구들에게 인사하는 건 잊지 않았다. 그래도 신경은 온통 소년에게 집중되어 있었다. 소녀는 귀신처럼 미끄러져 나가는 소년의 뒤를 쫓았다.

소녀가 쿵쾅거리며 걸어가자 운동화의 평평한 밑창이 콘크리트 복도와 아스팔트 바닥에 부딪혀 작지 않은 마찰음을 냈다. 소년은 귀 따가운 발소리에 살짝 뒤를 돌아보기는 해도 누가 이리도 쿵쾅대며 걷는지 큰 관심은 없어 보였다. 소녀는 달리듯 걸어 소년을 앞서 걸어갔다. 소녀가 부러 둔탁한 소리를 내는 것이긴 했지만, 소녀와 소년의 하굣길에는 소녀의 발소리밖에 들리지 않았다. 소년은 잠시 주저하는 듯하더니 소녀를 추월해 걸었다. 소년의 걸음은 놀라울 정도로 가볍고 빨랐다. 소녀는 우뚝 멈춰 섰다가 곧 다시 걸었다. 잠깐 멈춘 것인데도 소년과의 거리는 많이 벌어져 있었다.

소년의 주변에는 입김이 서리지 않았다. 소녀의 얼굴이 울 것처럼 구겨졌다. 익숙한 화단을 지나서 소년과 소녀는 약속이나 한 듯 아파트의 오솔길로 걸어갔다. 소녀가 미간을 더 찌푸렸다. 잔디가 걷혀 벌건 흙길을 걷는 소년의 발은 발자국도 나지 않을 것처럼 가벼워 보였다. 따라가기에 지친 소녀가 제자리에 멈춰 서서 정적을 걷었다.

"야."

춥고 조용한 가운데 소녀의 목소리는 차갑고 촉촉했다. 소년이 뒤돌아보았다. 밤이라 그런지 더 창백한 얼굴에 어울리지 않는 온건한 표정이었다.

"응?"

태연한 표정과 아무것도 모른다는 듯한 목소리에 소녀가 기가 찬다는 듯 허, 하고 숨을 뱉었다.

"왜 아는 척 안 해?"

"응?"

소녀가 쏘아붙이듯 말했다.

"몇 년 만에 보는 건데 왜 모른 척해? 난 그때랑 똑같은데."

소녀와 소년은 아무 말 없이 서 있었다. 당혹스러움이 놀라움보다 조금 더 많은 얼굴이었다. 소녀와 소년은 아무 말 없이 찬 공기 속에 한참을 서 있었다.

소녀가 말했다.

"할 말 없어?"

소년이 눈알만 굴리다 고개를 끄덕, 했다. 순진하게 구는 소년을 보던 소녀가 그를 지나쳐 아파트 현관으로 들어갔다. 계단 두어 개를 오른 소녀가 소년에게 소리쳤다.

"안 갈 거냐!"

소녀의 다그침에 소년이 허둥지둥 걸어갔다. 엘리베이터는 꼭대기 층에 있었다. 소녀는 문만 노려보고 있었기에 소년이 버튼을 눌렀다. 소년은 소녀를 곁눈질했다. 골이 날 대로 난 얼굴이었고 머리는 형광등 빛에 반질거렸다. 턱을 당긴 꼿꼿한 자세와 펴진 어깨는 위압감이 느껴졌다. 무엇보다 말을 잘못 걸면 엘리베이터가 흔들리도록 화를 낼 것 같았다. 소녀는 엘리베이터를 타서도 가만히 있었다. 소년은 자기 집 층수 버튼을 누르고 소녀를 쳐다보았다. 소녀는 닫힘 버튼만 누를 뿐이었다.

소녀의 구겨진 얼굴처럼 소년의 눈썹도 찌푸려졌다. 아무리 머리를 굴려 봐도 소년이 잔뜩 골 난 같은 반 여자애를 대처할 방법을 찾는 것보다 엘리베이터 문이 열리는 게 빨랐다. 소녀는 썩썩 걸어 나가더니 고개만 돌려 소년을 보았다. 소년은 멍청하게 소녀를 볼 뿐이었다. 소녀는 별말 없이 소년의 앞집 문을 열고 들어갔다. 쾅 소리 나게 닫히는 앞집 현관문을 보던 소년이 도리질을 치며 집 현관문을 열었다.

"다녀왔습니다."

소년의 집에서는 약간 더운 냄새가 났다. 소년은 허공에 인사를 던지며 방문을 열었다. 소년은 침대 아래쪽에 있는 오크색 옷장을 열었다. 고막을 찢을 듯한 마찰음과 함께 문이 열렸다. 소년이 고통스러운 표정으로 귀를 매만지며 말했다.

"이거 기름칠해야겠는데."

소년은 옷을 갈아입고 옷장 문을 닫았다. 옷장이 작은 편이라 창문과 벽을 반씩 나눠 가졌다. 커튼을 단 창문 아래에는 키에 딱 맞는 의자가 놓여 있었다. 소년은 커튼을 살짝 걷어 밖을 보았다. 하늘에서 떨어지는 빛이 얼굴에 닿자 얼굴에 만족감이 번졌다. 소년은 기분이 좋은지 콧소리를 내며 중얼거렸다.

"달빛 좋네."

문이 달린 벽과 책상을 댄 벽이 마주 붙은 곳에는 큰 거울이 놓여 있었다. 무게가 무겁고 크기가 큰 탓에 바닥에 내려놓은 거울이었다. 소년은 안경을 벗어 책상 위에 올려놓았다. 조금 피곤한 듯 기지개를 켜다가 거울 안을 보았다. 거울의 크기 탓인지 각도 탓인지 방 전체가 거울에 담겼다. 소년은 하품하며 천천히 거울 안으로 걸어 들어갔다.

소년

아침은 아침이었다. 해가 쨍쨍하고 구름 한 점 없었지만 비 오기 직전처럼 어두침침했다. 초저녁에 더 가까운 하늘빛이었으나 불어오는 바람에 묻어난 냄새는 여느 아침처럼 상쾌했다. 옅은 햇빛은 푸릇한 풀밭을 지나 집 안 복도까지 스며들었다.

햇살이 엷게 비치는 나무 복도를 검은 옷을 입은 남자가 총총히 지나갔다. 머리를 단정히 빗어 내린 남자는 발끝이 스치는 소리조차 내지 않고 걸었다. 붉은 액체가 든 컵을 받친 쟁반은 흔들림이 없었다. 컵에 담긴 붉은 액체는 완벽한 수평을 유지한 채 단단한 마루를 가로질렀다. 그의 발이 닿은 마룻바닥은 오랜 세월이 묻어 반질반질하게 윤이 났다. 크지 않은 보폭으로 걷던 남자가 복도 끝에 붙은 거대한 문 앞에 멈춰 섰다.

남자가 말했다.

"도련님, 아침입니다."

약간의 정적이 지나고 방 안에서 소리가 들려왔다.

"응, 들어와."

남자가 문고리를 잡아당겼다. 거대한 문이 열리자 거대한 방이 드러났다. 천장이 하늘 끝에 붙어 있는 다층 구조였고 창문이 난 부분을 빼면 벽은 고르고 단단하게 짜인 책장으로 빈틈없이 덮여 있었다. 책장에는 오래되고 구하기 쉽지 않은데 상태가 좋은 책들이 깔끔한 상태로 꽂혀 있었다. 책장을 남김없이 사용하고 있는 서재였다. 심지어 위층으로 올라가는 계단 옆에도 책이 꽂혀 있었다. 창문으로 들어오는 볕을 제외하면 빛 한 점 들어오지 않는 곳이었는데도 서재 안은 충분히 밝았다.

서재의 주인은 드넓은 서재 한가운데에서 책에 파묻혀 있었다. 정갈히 쌓여 있는 책도 있었지만 대부분은 읽다가 내려놓은 티가 역력했다. 주인은 오동나무를 오랜 시간 묵혀 만든 책상을 두고 바닥에 앉아 있었다. 그가 편안하게 몸을 기댄 둥근 의자는 얼마나 오래 있던 것인지 머리 쪽이 눌려 있었다.

"아침이라니."

소년은 심드렁하게 말하며 들고 있던 책을 던지고 남자가 건네는 컵을 받아 들었다. 건네주고 건네받는 행동에도 컵 속 액체는 흔들리지 않았다.

"주무시지 않으셨습니까?"

소년이 고개를 저었다.

"피곤은 한데, 졸리지 않아."

소년이 컵 속에 든 붉은 액체를 한 번에 들이켰다. 소년의 허옇게 질린 뺨에 분홍빛 기운이 살짝 올라오다 사라졌다. 소년은 맛을 되새기는 듯 눈을 지그시 감았다가 떴다. 닫혀 있던 눈꺼풀이 열리며 소년의 황금빛 눈동자가 드러났다. 진한 금빛 눈에는 붉은 기가 서려 있었다.

"숙모는?"

"늘 그렇듯 깨어 계십니다. 오늘 아침은 주인님께서 고르신 것 같습니다."

"그래? 사슴은 아닌 것 같은데?"

소년의 재기발랄한 질문에 남자가 짧게 대답했다.

"네."

"곰이 맛있는데. 적당히 느끼하고."

"곰이요? 곰이 느끼한가요?"

"내 입맛에는 그래. 넌 안 그래?"

"저는 곰은 모르겠습니다. 사실 모기에서 추출한 게 제일인 것 같습니다."

"그래? 역시 귀한 게 맛있나."

소년이 입맛을 다시며 일어섰다. 의자에 기대 꼼지락거리느라 한껏 구겨진 바짓단을 대충 털고는 문 쪽으로 걸어갔다. 소년의 맨발이 닿을 때마다 퍽 소리가 났다.

소년과 남자는 풀밭에 내려섰다. 양말에 구두까지 신은 남자와 달리 소년은 축축한 풀밭을 맨발로 걸었다. 그들은 서재 방을 끼고 돌아 뒤쪽으로 걸어갔다. 풀밭은 끊임없이 이어져 있었다. 집을 구성하는 건물은 여러 개였는데, 한시에 지은 것이 아닌 시간대가 서로 다른 건물을 블록처럼 짜맞춘 것 같아 보였다. 공통점이라고는 잘 관리된 골동품 같은 분위기를 풍긴다는 것 정도였다. 소년과 남자는 유독 푸르고 건강한 풀 위에 세워진 넓고 단단한 외형의 건물로 걸어갔다.

"주인님께서 맨발로 계신 모습을 지적하실 것입니다."

"그러시겠지?"

"문 앞에서 양말이라도 신으시죠."

"그래야 덜 혼나겠지?"

말과 달리 소년은 그다지 걱정스러운 투는 아니었다. 오히려 장난기가 가득한 목소리와 말투에 남자가 불안한 미소를 지었다. 소년은 돌계단을 가볍게 뛰어 올라갔다. 문 앞에서 주머니 속 양말을 꺼내 욱여 신은 뒤 문의 쇠 부분을 건드렸다.

"들어와라."

가늘지만 묵직한 목소리에 소년이 문을 열었다. 방 안에는 녹색 원피스를 입은 여성이 단장을 하고 있었다.

"숙모."

소년이 벙글거리며 숙모라는 여자에게로 다가갔다. 숙모는 소년을 보며 픽 웃었다. 웃음 사이로 보이는 치아에는 유달리 뾰족한 이가 있었다. 소년이 부르는 호칭과 갖추어 입은 복장으로 보아 나이가 많아 보이지 않았다. 그러나 숙모는 닮은 구석이 전혀 없는 조카가 너무나도 어리게 느껴질 만큼 대단한 분위기를 풍기고 있었다. 손놀림에는 여유가 있었고 눈빛에는 사람을 움직일 힘이 느껴졌다. 우아하고 고풍스러운 숙모 역시 피를 마시는 뱀파이어였지만, 소년과 달리 눈동자는 시린 은색이었다. 숙모는 화장대 거울로 소년을 보았다. 화장수를 바르는 중이었다. 크게 벌려진 화장대 옆에 소년이 마셨던 것과 모양과 내용물이 같은 잔이 얌전히 놓여 있었다.

"안녕히 주무셨어요?"

"그래."

소년이 숙모가 늘 끼는 반지를 함에서 꺼내 건넸다. 숙모는 반지를 끼며 입을 열었다.

"학교 다니는 것이 재밌나 보구나."

"재밌어요. 이 몸이 되고 나서는 뭘 배우러 다닐 일이 없으니까요."

소년의 말에 숙모가 부드럽게 웃었다.

"뭐, 다른 점은 없니? 어려운 것이라든가."

숙모의 말에 소년의 황금빛 눈이 도르르 굴러갔다.

"별로 없는 것 같아요. 잠은 안 오고 약간 피곤하긴 한데, 지칠 정도는 아니에요."

"그래."

소년이 조잘조잘 말했다.

"애들이나 어르신이 여행 다니는 거 보고 좀 부러웠는데, 막상 해 보니 너무 재밌어요. 내가 살던 곳을 보는 건 기분이 묘하더라고요. 기억이 아예 없으니 새롭게 느껴지고."

소년은 숙모의 아침 단장을 도와주는 일이 익숙한 듯했다. 쉴 새 없이 말을 하면서도 숙모가 손톱 손질을 할 수 있도록 붉은 액체가 든 병을 집어 주었다.

숙모가 붉은 액체를 손톱에 흩뿌리며 말했다.

"경험 없이 고등학교에 다니는 건 힘들 거야."

액체가 퍼지다 손톱 안으로 말끔히 흘러 들어갔다. 액이 감싼 손톱은 새것처럼 깔끔하고 고른 붉은 색이 되었다.

"숙모가 다 가르쳐 주셨잖아요. 그리고 기억에야 없다지만 다 경험한 거라 그런지 적응이 어렵지는 않았어요. 그보다는 사실…… 숙모가 허락 안 하실 줄 알았어요."

"내가 널 어떻게 이기겠니."

숙모가 원피스의 소매를 접어 올렸다. 그 말에 소년이 부루퉁한 표정을 지었다.

"숙모."

"장난이다."

숙모는 소년이 마셨던 잔과 똑같이 생긴 잔을 들고 마시며 말했다.

"네가 과거에 가 있는 동안 어르신이 다녀가셨다."

"어르신이요?"

"그래."

"오랜만에 들르셨네요. 새로운 아이를 데려오셨나요?"

그의 말에 숙모가 고개를 절레절레 저으며 혀를 찼다.

"그저 지쳐서 오신 듯했다. 황금색 눈에 피곤이 가득하시더구나."

소년이 말했다.

"오늘 애들 와요."

"오늘은 얌전히 놀려무나. 또 엄한 데 착지해서 집 안 다 깨부수지 말고."

"네."

숙모의 단장이 마무리로 접어들자, 소년은 가볍게 인사하는 시늉을 내며 문안을 끝냈다. 문으로 걸어가는 소년의 뒤통수에 숙모가 나직이 말했다.

"갈 땐 신발 신고 가거라."

"숙모!"

"진내가 신발을 가지고 있을 거다. 젖지 않더라도 바깥에선 양말, 신발 모두 갖추고 다니라고 했잖니."

"네."

소년은 풀이 죽은 듯하다가 장난스럽게 웃으며 방 밖으로 나왔다.

"역시 난 숙모를 못 이기겠어."

소년은 남자가 건네준 구두를 신으며 히히거렸다.

해가 어느 정도 걷힌 오후였다. 소년은 방 앞 풀밭에 여유롭게 누워 있었다. 비가 올 것 같은 어두침침한 하늘이었지만 휴양지 모래사장에 누운 사람처럼 산뜻한 표정이었다. 소년의 옆에는 책 몇 권이 어지러이 놓여 있었다. 그 옆에는 소년 말고도 누워 있는 뱀파이어가 더 있었다. 소년과 똑같은 눈을 가진 뱀파이어들이 책은 읽지 않고 편안하게 누워 이야기를 나누고 있었다. 읽는 시늉이라도 하는 뱀파이어는 달랑 한 명이었어도 책은 모두 펼쳐져 있었다. 조금씩은 다르지만 그들은 쌍둥이처럼 꼭 닮은 눈과 머리카락 색을 갖고 있었다.

소년이 피를 섞은 뜨거운 커피를 마시며 살짝 곱슬곱슬한 검은 머리의 뱀파이어에게 말을 걸었다.

"우리 반에 너랑 이름이 같은 애가 있어."

곱슬머리가 대수롭잖다는 듯 대답했다.

"그래? 내 과거야?"

"아니."

소년이 짧게 고개를 젓자 조한이 말했다.

"그런 경우가 가끔 있어. 동명이인 같은."

소년이 말했다.

"걔가 좀 더 마음이 넓어."

"푸하하하!"

드러누운 뱀파이어 중 가장 앳된 얼굴을 한 태기가 박장대소했다.

"왜 웃어!"

"웃기잖아. 인간 양조한은 좀생이는 아닌가 봐."

태기가 조한을 목이 터져라 놀리는데 금색 안경을 걸친 석빈이 말했다.

"잘 적응한 것 같아 다행이네. 쟤, 각성이 늦은 편이라 숙모님이 걱정 많이 하셨잖아."

석빈의 노란 눈동자가 안경알에 비쳐 더 노랗게 보였다. 그는 왁자지껄한 대화 속에서도 꿋꿋이 책장을 넘겼다.

조한이 물었다.

"뭐 별다를 건 없어? 재밌는 일이라든가 맛있는 냄새를 풍기는 인간이 있다든가."

"맛있는 냄새?"

소년이 고개를 갸우뚱하자 태기가 얼른 부연설명을 덧붙였다.

"양조한 말은 네 흥미를 끄는 상대가 있냐는 말이야. 피를 마셔 버리고 싶을 만큼."

소년이 말했다.

"아, 친구인 것 같은 여자애 하나? 걔한테서 나는 냄새는 여태껏 맡았던 인간 냄새 중에 최고였어."

확신에 찬 소년의 말에 석빈이 책에서 눈을 뗐다.

"피 냄새?"

"응."

흔들림 없는 또박또박한 말이었지만, 말끝에 마침표를 찍는 것과 별개로 표정에 아리송함이 남아 있는 소년이었다. 조한은 기억을 억지로 꺼내려 하는 소년을 저지하며 말했다.

"뭐, 가끔 뇌리에 박히는 냄새를 뿜는 인간들이 있으니까."

태기가 말했다.

"자주 가진 마. 네 과거를 자꾸 마주하는 건 너한테 별로 안 좋아."

"뭐, 그렇긴 하지."

뜨뜻미지근하게 대답하는 소년의 황금빛 눈동자는 저 멀리를 보고 있었다. 뭔가를 뭉개는 듯한 태도에 조한이 의문스럽게 눈살을 찌푸렸지만, 아무 말도 하지 않았다.

같은 색 눈을 가진 친구들이 한 마디씩 보탰다.

"과거도 시간이 흐르는 속도는 같으니까, 건너가면 그

저 시공간을 옮기는 것뿐이지 무언가를 바꿀 수 있는 건 아니야."

"게다가 과거에서 널 이렇게 만든 뱀파이어를 볼 수도 있잖아."

마지막 말에 모두가 조용해졌다. 웃음과 장난기가 가득하던 친구들의 얼굴에 시무룩함이 끼었다. 시간을 건너는 뱀파이어는 다른 뱀파이어의 죽음을 받아 태어나는 존재였다. 산 것도 죽은 것도 아닌 존재라 하여도 죽음이 즐거울 건 없었다. 분위기가 우울해지자 소년은 부러 손뼉을 크게 치며 일어섰다.

"뭘 그런 걸로 기가 죽고 그래. 보면 감사합니다, 하면 되는 거지."

석빈이 말했다.

"시간을 건너는 뱀파이어는 다른 뱀파이어의 목숨값으로 얻은 삶이니까."

차분히 있던 조한이 부드러운 목소리로 화제를 바꿨다.

"우리 별빛 축제 갈래? 우울한 흡혈귀는 우울하게 있고. 난 우울은 싫다."

조한이 넓적한 손으로 소년의 찰랑거리는 머리를 쓰다듬었다.

*

　소년은 넓은 방 한쪽에서 뭔가를 꺼내 들었다. 빨간 뚜껑이 덮인 유리병 속에 오색찬란한 별빛이 소년의 손목 움직임에 따라 느리게 흘러 다녔다. 창이 모두 닫힌 어둠 안에서 그것의 존재감은 뚜렷했다. 손끝으로 병을 톡톡 치던 소년이 다른 쪽 손으로 창문을 열었다. 쏟아져 들어오는 달빛에 그것은 별처럼 반짝거렸다.

　소년은 진중한 표정으로 유리병에 쓰인 글을 읽어 내려가다가 방 한쪽에 있는 거대한 거울 앞에 섰다. 소년이 인상을 찌푸리며 말했다.

　"이 나갔네."

　한쪽 귀퉁이에 간 큰 금을 보던 소년이 창문을 열고 별빛을 머리에 쏟았다. 별빛은 손목을 타고 흘러 소년의 옷소매 안으로도 가득 들어갔다. 그러나 아름다운 별빛은 소년에 몸과 닿자마자 빛을 잃고 먹혀 들어갔다. 소년은 여동생 이솔이 한 말을 떠올렸다.

　'우리는 그거 뒤집어 써 봤자 소용없다니까.'

　용광로가 끓는 듯 강렬하게 반짝이는 황금빛 눈에 튼튼한 몸, 괄괄한 성격인 이솔 역시 시간을 건너는 뱀파이어였다. 두 사람의 사이는 꽤 평범했다. 이솔은 친구인 빨간 머리 뱀파이어 준안을 데리고 시간 여행 중이었다.

소년이 쓰게 입맛을 다시며 별빛을 끌어 모았다.

"학교 가야지."

소년은 오색찬란한 빛을 되찾은 별빛을 봉해 아무렇게나 내려놓았다.

다음 날, 둘째 분단 맨 뒷자리인 소년은 말없이 앉아 있었다. 이유 모를 울적함이 2교시가 끝난 지금까지 이어졌다. 소년은 이런 울적함을 싫어했다. 소년의 낙천적인 성격상 울적함에 빠지는 경우는 거의 없었지만, 경험이 없는 만큼 대처법을 모르기에 이 울적한 기분이 자못 당혹스러웠다. 누군가가 뒤통수를 살살 긁는 것 같은 느낌에 소년은 한층 더 얼굴을 굳혔다.

울적함은 소년에게 이런저런 생각을 하게 했다. 소년은 풀밭에서 친구들과 나눴던 대화를 곱씹었다. 두꺼운 안경알에 가려진 황금빛 눈이 붉은 기에 가려졌다 드러났다를 반복했다.

소년이 중얼거렸다.

"인간 시절……."

소년은 자신의 인간 시절을 떠올렸다. 이미 살았던 시간대로 왔으니, 필연적인 만남이었다. 생각보다 인간인 소년은 한참 미래의 자신을 매우 닮아 있었다.

얼굴도 키도 목소리도 같았다. 눈빛이 탁하고 약간 마른 듯한 것은 조금 달랐다. 체질 때문인지 성장 때문인지는 알 수 없었다. 그는 늘 땅에 시선을 두었다. 재미있게도 그의 피부색은 소년만큼이나 생기가 없었다.

생각의 흐름에 모든 것을 맡기던 소년이 자신을 노려보던 인간 소년의 얼굴 뒤로 나타난 소녀의 얼굴을 보았다. 원망이 가득한 눈동자였다. 전에 맡았던 소녀의 피 냄새가 온 정신에 퍼지는 기분이었다.

진하다. 처음부터 오직 진하다는 생각뿐이었다. 달콤하다, 유혹적이다 같은 표현으로는 모자를 정도로 소녀가 주는 느낌은 강렬했다. 소년은 머릿속에 맴돌던 냄새가 순간 코에도 느껴지는 것을 깨닫고 고개를 번쩍 들었다. 눈앞에 소녀가 있었다. 소녀는 소년의 책상 앞에 서 있었다. 소년이 갑자기 고개를 들어 조금 놀란 눈치였다.

소년이 인사했다.

"안녕?"

소녀가 얼른 대답했다.

"어, 안녕."

서로 놀란 채 나누는 인사는 떨떠름하기 짝이 없었다. 소년의 안경 낀 시선이 아래로 떨어졌다. 소녀의 뽀얀 손이 보였다. 손끝이 빨갰다.

소녀가 말했다.

"어제는 미안했다."

소년은 "뭐?"라고 되물으며 소녀의 손에서 얼굴로 시선을 올렸다.

"나 몰라본다고 신경질 내서 미안해."

"아냐, 아냐."

소녀는 더 이상 말이 없었다. 무슨 말을 할지 고민하는 얼굴이었다. 소녀는 조금 뜸을 들이는가 싶더니 이내 새침한 목소리로 또박또박하게 말했다.

"천천히, 기억해."

"응, 어제 일은……."

소녀는 말을 마치고 쌩하니 자신의 자리로 돌아갔다. 소년이 눈알을 굴렸다. 소녀의 찌푸린 이맛살이 떠올랐다. 그 아이는 온몸으로 냄새를 내뿜고 있었다.

달빛에 찰랑대던 머리카락 한 올 한 올, 숨을 쉬던 입과 코, 올려다보던 코끝과 검은 눈동자까지. 소년은 마른침을 삼켰다. 눈도 두어 번 빠르게 깜박였다. 자신의 손끝이라도 깨물고 싶어졌다. 살점이 떨어져 나가도 아프지 않을 것 같았다. 소년은 재킷을 마구잡이로 벗어 던졌다. 더운 숨을 뱉을 수 있을 것 같았다. 소년은 눈을 이리저리 굴리다 소녀를 쳐다보았다. 소녀도 소년을 보고 있었다. 결국 소년은 그대로 자리를 박차고 일어섰다.

소년은 거울을 통해 집으로 돌아갈 때까지 소녀와 어떤 경우로도 부딪치지 않았다. 소년의 전체를 집어삼킨 그 느낌은 태평했던 마음을 요동치게 했다.

"안 되겠네."

소년이 헛웃음을 치며 혼잣말을 중얼거렸다. 조절할 수 없이 비약적으로 치솟는 떨떠름한 느낌은 언제나 여유로웠던 소년을 초조하게 했다. 누워서 눈만 끔벅이던 그는 벽장 한 칸을 열어 피가 가득 찬 병 하나를 꺼냈다. 그리고 달이 가장 훤히 보이는 창문을 열고 창틀에 무너지듯 기대앉았다. 마른 입가를 적시는 바람이 선선했고 머리카락을 어루만지는 달빛이 은은했다. 소년이 사는 곳에는 밤마다 보름달이 떴다. 항상 어딘가 허한 뱀파이어 삶의 유일한 친구였다. 소년은 병뚜껑을 돌려 따고는 한 모금씩 천천히 들이켰다. 비리고 고소한 것이 목을 탈 때마다 소녀의 얼굴이 떠올랐다. 눈만 보이기도 했고 손끝만 보이기도 했다.

한 모금 삼킬 때마다 떠오르는 소녀의 퍼즐은 늘어 갔고 색은 진해졌다. 소년이 마시던 병을 움켜쥐었다. 찌푸려진 눈썹 아래에 소년을 똑바로 보던 동그랗고 까만 눈동자가 비쳤다. 소년은 몸을 웅크렸다. 소년은 소녀의 눅진한 피 냄새를 생각하며 피 대신 마른침을 삼켰다. 그는 눈을 천천히 감았다가 떴다. 피곤함이 묻어났지만 소년은 보름달이 질 때까지 잠들 수 없었다.

*

소년은 한숨도 자지 못한 채 아침을 맞았다. 창틀에 쓰러지듯 누워 날을 샌 소년은 무거운 몸을 움직였다. 그러나 아무리 피곤하더라도 숙모에게 아침 인사를 가지 않을 수는 없었다. 소년은 거머리처럼 붙는 소녀 생각에 찝찝한 느낌을 지우지 못한 채 문고리를 두들겼다.

"오늘은 학교 안 가니?"

숙모의 물음에 소년이 씽긋 웃으며 말했다.

"네, 근데 꾀병은 아니에요."

소년이 이리저리 눈을 굴렸다. 황금빛 눈 위에 어린 붉은 기가 넓게 퍼졌다. 잔망을 떠는 소년을 보던 숙모가 쯧

쯧, 혀를 찼다.

"따라오렴. 얘기 좀 하자꾸나."

소년과 남자는 회갈색 머리를 맵시 있게 땋은 숙모를 따라 건물 밖 풀밭으로 나갔다. 마른 풀밭 위에는 조촐한 아침상이 차려져 있었다. 숙모는 피가 든 병의 뚜껑을 소리 나게 땄다. 능숙한 솜씨로 피를 따르는 숙모를 소년이 멍청하게 지켜보았다. 소년은 가늘게 뜬 눈으로 앞에 놓인 선지를 내려다보았다. 햇빛에 번들거리는 선지는 생간처럼 꿈틀거렸다.

"진내야, 마실 피가 더 있어야겠다."

"네, 주인님."

소년은 그저 서서 남자가 총총걸음으로 사라지는 것을 물끄러미 볼 뿐이었다. 숙모가 소년의 어깨를 짚어 집중력을 되살렸다.

"일단 먹고 얘기하자."

숙모가 먼저 수저를 들고 소년이 따라 들었다. 소년은 수저 끝으로 약간 잘라 낸 선지를 앞니로 끊어 씹었다. 소년은 입이 짧은 편이 아니었으나, 선지는 쉽게 삼키기 힘들었다.

숙모가 말했다.

"학교 다니느라 몸 상태가 나빠졌을 테니 맛없더라도 다 먹으렴."

소년이 선지를 씹으며 고개를 들자 숙모가 말했다.

"넌 지금 네 인간 시절과 같은 시간대에 있으니까. 너는 시간을 건너는 뱀파이어니 시간의 영향에서 자유로울 수 없단다."

숙모는 천천히 피를 들이켰다.

"제 몸이 시간에 많이 뒤틀렸을까요?"

숙모가 담담히 말했다.

"어르신도 네 친구들도 자신의 과거로 잘 가지 않는 이유는 다 시간의 영향을 받기 때문이란다. 인간이든 뱀파이어든 너는 너잖니. 본질이 하나인 두 사람이 같은 시간에 오래 존재하는 것은 온몸을 망치는 꼴이지. 시간의 뒤틀림에 따라 몸도 능력도 망가지는 데다 잘못하면 흔적도 없이 소멸할 수도 있어."

"그럴 것 같아요."

듣는 소년 역시 담담한 얼굴이었다. 소년의 목에서 쉰 듯 끓는 소리가 났다. 소년은 피를 한 모금 삼키고 말을 이었다.

"근래 들어 부쩍 피곤해요. 하루에 일곱 군데씩 다녀도 전혀 안 힘들었었는데.”

“인간 시절의 아이는 무얼 한다니?”

“저랑 얘기 잘 안 해요. 제가 말 걸거나 가까이 가면 질색하거든요. 책을 잔뜩 갖고 다니는 걸 보면 어디 가서 공부하는 것 같아요. 아무래도 반갑지는 않겠죠.”

소년이 입을 쩍쩍 벌리며 말했다. 목구멍으로 다 넘어가지 않은 핏방울이 입술에 얼룩처럼 남았다.

“인간 아이가 학교 다니는 걸 포기하는 게 쉬운 결정은 아니었을 텐데.”

숙모가 소년에게 입 닦을 작은 수건을 건넸다.

“그렇진 않아요. 저도 거기에 꼬박꼬박 갈 순 없어서요. 당분간은 그 애가 학교에 나갈 거예요. 서로에게 학교 간 날 일을 알려줘요. 매번은 아니지만요.”

“대화하기 힘들다면서?”

“얘기로 하는 건 아녜요. 사실 제가 집에 가면 그 애는 자고 있어요. 그러면 대화를 하지 않을 수 있을 거라 생각하나 봐요. 말은 그냥 대화 수단 중 하나인데. 자고 있으면 그냥 그 상태로 제가 학교에서 겪은 일을 그 애에게 전달해요.”

그렇게 말한 소년이 손가락을 머리에 대었다가 천천히 떨어뜨렸다. 눈동자를 닮은 황금빛 연기가 손을 타고 머리에서 빠져나왔다. 작은 뿔처럼 꺼낸 그것을 다시 머리 안으로 집어넣었다.

"제 경험을 넣고, 그 애의 경험을 빼 가는 거죠."

"그 애는 그걸 아니?"

"모를 거예요. 솔직히 그 애 입장에서는 징그럽겠죠. 따지고 보면 자기 껍데기를 보는 거잖아요."

소년이 고개를 흔들었다. 자신도 모르게 흔드는 것 같았다. 말소리가 끊기자 정적이 이어졌다. 소년은 말없이 핏방울이 묻은 작은 수건을 접을 뿐이었다. 숙모의 집사인 진내가 피를 가져와 빈 컵을 채우는 소리 말고는 아무런 소리도 들리지 않았다. 달각거리는 소리도 나지 않는데 숙모가 입을 열었다.

"인간 아이를 이곳에 데려오는 건 어떻겠니?"

소년이 고개를 빠르게 돌렸다. 목이 덜걱 하고 부러질 것 같았다. 그러나 숙모는 소년의 행동에도 놀라는 기색이 없었다.

"그 애를요? 여기에요?"

"인간 아이가 지내기에는 좀 추울 테지만 서로에게 영향을 주지 않으려면 이편이 나을 거야. 안 그래도 잠만 잔다고 했잖니. 거기서 그 애가 밖을 돌아다닐 수도 있는데, 인간이 수두룩한 곳에서 서로를 마주치는 게 좋을 리가.”

소년이 입을 다물었다. 생각을 하느라 내리깐 눈이 금방이라도 감길 것 같았다.

“그 애가 알겠다고 할까요?”

“물어봐야겠지?”

짤막한 대화가 끝나고 다시 쌀쌀한 조용함이 시작되었다. 소년은 자신의 인간 시절인 그 아이를 생각했다. 인간 소년은 대화를 이어 나가기 힘든 상대였다. 소년이 인간 소년에게 말을 걸면 돌아오는 건 단답 아니면 쏘아붙이는 말뿐이었다. 인간 소년은 소년과 별로 다르지 않은 외관을 하고 있었기에, 감정 기복이 심한 또 다른 자신을 보는 것 같아 소년은 당황스러울 때가 많았다. 소년은 거울 같은 모습의 인간 소년이 자신은 지은 적도 없는 표정을 짓는 게 떠올랐다. 소년이 내리뜬 눈을 바르게 뜨고 말을 꺼내려 할 때 어디선가 탄내가 나기 시작했다.

“하여간, 어르신.”

소년은 곧장 어르신을 맞을 준비를 했다. 소년과 숙모는 앞마당으로 걸음을 옮겼다. 탄내가 온 집안에 진동했다. 가까이 갈수록 피 냄새도 약하게 났다.

‘가공된 지 얼마 되지 않았어.’

뱀파이어가 가공한 피는 불을 붙일 수 있었다. 피를 태우면 언제 어디서든 바로 시간을 건널 수 있었지만, 보통은 그러지 않았다. 피는 소모되기만 하기에 소중한 피를 그런 이유로 불태우는 것은 시간을 건너는 뱀파이어가 납득할 수 있는 행위가 아니었다. 소년의 집안에서 피를 불태워 시간을 건너는 뱀파이어는 한 명밖에 없었다.

마법진처럼 풀밭에 불탄 자리를 만들어 놓은 어르신이 한 가운데에 서 있었다. 위풍당당한 어르신의 팔 한쪽에는 조그마한 아이가 들려 있었다. 팔다리가 가는 그 아이는 온몸에 검댕을 묻힌 채 기절해 있었다. 숙모 곁을 따르던 진내가 허겁지겁 아이를 받았다. 진내와 집을 관리하는 뱀파이어들이 바쁘게 움직여 아이를 어딘가로 데려갔다.

탄 자리를 걸어 나오는 어르신의 사위에는 여유가 묻어났다. 어르신은 작고 마른 체구인데도 선이 굵었다. 검게 그을린 피부에 다부진 손은 부드러운 곳 하나 없이 근육이 가득했다. 얼굴 역시 근육이 가득했지만 풍기는 인상은 온화하기 그지없었다. 숙모처럼 어르신이라는 호칭에 비해 나이 들어 보이지 않았다. 어깨까지 오는 검은 머리와 그어떤 뱀파이어보다 맑고 선명한 눈을 가지고 있었다. 어르신은 겉옷을 벗어 세차게 털었다. 동시에 마중을 나온 가족에게도 쾌활한 목소리로 인사를 건넸다.

"오랜만이구나."

숙모가 말했다.

"네, 저는 어제 뵀어요."

숙모의 말에 어르신이 멋쩍게 웃었다.

"그래? 내가 이번에 워낙 시간 여행을 많이 해서 말이지."

힘차게 턴 겉옷을 다시 입은 어르신이 발로 불똥을 지져 껐다. 그들의 주변에 탄내와 탄 풀, 공중에 떠다니는 그을음 찌꺼기가 가득했다. 중첩된 온갖 것 속에 피 냄새가 옅게 느껴졌다.

"영생을 얻었다며?"

어르신이 소년에게 묻자 소년이 웃으며 끄덕거렸다. 어르신이 씩 웃으며 물었다.

"시간은 이제 익숙해졌니?"

소년이 대답했다.

"아직요."

사람 좋게 말하던 어르신의 눈빛이 바뀌었다. 뭉게구름 같던 붉은 기운이 황금빛 눈동자를 다 덮을 듯 커졌다.

"마음껏 돌아다니는 건 좋지만 누군가를 쉽게 뱀파이어

로 만들지 말거라."

어르신의 눈빛에 소년이 마른침을 삼켰다.

"혹시 누군가를 뱀파이어로 만들거든 반드시 회복기를 제대로 견디게 해. 그렇지 않으면 그 사람 안의 '인간'이 '뱀파이어'에게 찢겨서 흔적 하나 남기지 않고 불타 버릴 거다. 우리 뱀파이어는 인간의 속 알맹이 없이는 태어날 수 없단다. 기억해야 해."

크리스탈 잔이 달각거렸다. 벽에 걸린 액자가 바들거리는 것이 소년의 눈에 들어왔다. 피부에 닿는 공기가 뜨거워졌다. 어르신의 가르침에 온 방이 반응하자 살짝 겁에 질린 소년이 대답했다.

"네, 명심할게요."

대답이 나왔지만 공기는 여전히 뜨거웠다. 점점 엇나가는 온도에 뱀파이어들의 마음이 덜컹거리기 시작했다. 여전히 어르신의 눈은 소년을 보고 있었다. 강렬한 눈빛에 소년이 어쩔 줄 몰라 할 때, 숙모가 말했다.

"아이가 아주 어린 것 같은데요."

효과는 아주 좋았다. 어르신의 시선이 숙모에게로 돌아가며 방 안에 잔뜩 올라갔던 온도가 훅 내려앉았다.

"그래서 걱정이야. 각성하지 않은 채로 어른까지 살았

어야 했는데. 전쟁 통에 굶어 죽은 모양이더라고. 지금이야 재워 놨으니 얌전하지만 깨어나면 피를 엄청 마실 테니 넉넉히 준비해 두도록 해.”

“네.”

소년이 걱정스럽게 말했다.

“너무 어리지 않나요?”

어르신이 고개를 끄덕이며 말했다.

“일단 나도 피 한 잔만 주련?”

소년이 잔을 채워 주자 어르신이 피를 물처럼 들이켰다.

“너무 어린 건 좋지 않다니까. 죽음에 적응하다가, 성장에 적응하다가 다시 원점으로 돌아오게 되니. 다 거부할지도 몰라. 뱀파이어도 인간도. 차라리 인간 사이에 섞여서 자라는 게 나았을 텐데…….”

어르신이 중얼거렸다. 어르신을 물끄러미 보던 소년이 조심스럽게 말했다.

“인간 학교에 보내면 어떨까요? 아직 어리니까 거부감도 덜 할 거예요.”

소년의 말에 어르신의 눈빛이 날카로워졌다. 거스를 수 없는 위압감은 단연 어르신이 이 집안의 어른으로 군림할 수 있게 하는 능력이었다.

"인간이 우리에게 혈액을 주는 조건이 절대 불침이란 걸
잊진 않았지?"

소년이 잠시 생각하다 고개를 끄덕였다.

"그럼요."

인간, 소녀

인간 소년은 책상 위에 건 동그란 시계를 쳐다보았다. 생기가 없는 피부지만 붉은 기가 돌았고 무엇보다 눈동자가 검었다. 인간 소년은 손을 덜덜 떨고 있었다.

"일곱 시가 다 됐는데 왜 안 오는 거야?"

짜증 섞인 푸념을 내뱉으며 불안에 떨면서도 그는 계속 움직였다. 방과 밖을 가르는 벽을 뚫고 엘리베이터가 움직이는 소리가 쉴 새 없이 침범했다. 시간이 시간인지라 인간 소년은 교복으로 옷을 갈아입었다. 그러면서도 거울 쪽으로, 시계 쪽으로 자꾸만 눈을 돌렸다.

"아들, 학교 가야지."

"잠, 잠깐만. 양말 좀 신고."

인간 소년은 느직느직 양말을 신으며 소리쳤다. 어떻게

든 집에서 벗어나지 않으려던 인간 소년은 결국 학교 운동
장에 발을 들였다. 그는 가는 내내 손을 떨었다. 작은 떨림
이었으나 걸음새는 조심스러웠고 어깨는 더 움츠러들 수
없을 정도로 구부러져 있었다.

"흡혈귀 자식, 나한테 뭘 해 놓은 거야."

인간 소년은 주변만 맴돌던 학교 가는 길을 너무나도 잘
알고 있는 자신 때문에 놀랐다. 인간 소년은 소년이 학교
에 가 있는 동안 이곳저곳을 쏘다니고는 했다. 돌아다니기
에 좋은 날씨는 아니었으나 학교에 가지 않는다는 사실이
그를 꽤 안심하게 해 주었다. 사실 소년과 직접 얼굴을 마
주한 적은 별로 없었다. 마주칠 때면 자거나 자는 척해 왔
다. 면식이 없다고 해도 이상하지 않을 수준이었는데, 자신
에게 무슨 짓을 한 것인지 인간 소년은 자신 옆을 지나가는
학생들의 얼굴, 이름을 기억할 수 있었다. 자연스러웠지만
불쾌했다. 인간 소년이 교실로 올라가는 계단을 아무렇지
않게 찾아가는 자신에게 경악할 때였다.

"어!"

외마디 감탄사와 함께 익숙한 목소리가 인간 소년의 이
름을 불렀다. 인간 소년에게도 익숙한 목소리였다. 등줄기
에 소름이 돋았다. 아주 선명한 감각을 느끼면서, 인간 소

년은 뒤를 돌아보았다. 익숙한 목소리에 어울리는 얼굴이었다. 잘 손질된 머리는 익숙하지 않았지만 얼굴은 너무나도 익숙했다.

소녀가 말했다.

"지금 온 거야?"

인간 소년은 그저 소녀를 보고만 있었다. 소녀가 눈을 깜박이며 말했다.

"오늘은 안경 안 썼네?"

그 뒤로도 소녀가 무슨 말을 덧붙였는데, 인간 소년에게는 들리지 않았다. 아침부터 긴장이 과도하게 쌓여서 그런 거라고 인간 소년은 생각했다. 인간 소년은 눈으로는 소녀를 보고 있었지만 귀로는 자신의 심장이 뛰는 소리를 듣고 있었다. 두근거리는 소리가 머릿속에 울렸다.

"너 괜찮아?"

얼음 조각상처럼 굳은 인간 소년을 소녀가 살짝 건드렸다. 한 곳에 멈춰 있던 인간 소년의 검은 눈동자가 소녀의 눈동자와 마주쳤다. 인간 소년의 마른 입술이 꾸물거렸다. 소녀가 인간 소년을 한 번 더 건드리려 할 때, 인간 소년이 입을 열었다.

"꺼져."

낮고 굵은 목소리가 둘 사이에 똑똑히 파고들었다. 인간 소년의 눈동자가 흔들렸다. 이내 어깨가 움직였다. 소녀와 인간 소년의 처지가 바뀐 것 같았다. 인간 소년은 몸을 홱 돌려 계단을 올라갔다. 몸을 거세게 트느라 가방으로 소녀를 쳤지만, 소녀는 며칠 전 소년처럼 그 자리에 굳은 채 서 있었다.

소년은 오후가 되어서 인간 소년의 거울에서 미끄러지듯 빠져나왔다. 책상에 앉아 숙제를 하던 인간 소년이 그 꼴을 눈 한 번 깜박이지 않고 보았다. 그는 소년을 하나하나 뜯어보았다. 얼굴도, 나이도, 체형도 자신과 다를 것이 없었다. 전체적으로 생기가 없고 눈이 괴기할 뿐이었다. 입을 크게 벌리지 않으면 이도 잘 보이지 않았다. 같은 얼굴이었지만 같다는 느낌이 전혀 들지 않았다. 소년은 꼭 인간 소년이 잃어버린 무언가 같았다. 게다가 뱀파이어라니. 얼토당토않은 이름이었다.

여기까지 생각이 든 인간 소년이 따지듯 물었다.

"뭐야, 왜 이제 와?"

"집에 어르신이 오셔서."

잔뜩 힘이 들어간 인간 소년과 달리 소년의 말투는 차분했다.

"어르신? 그 사람도 흡혈귀야?"

"응. 각성할 때 나를 집으로 데려와 주신 분이셔."

"그럼 어르신도 너랑 눈이 똑같겠네?"

인간 소년의 물음에 소년이 고개를 끄덕였다. 소년이 침대 위에 걸터앉으며 물었다.

"별일 없었지?"

"별일?"

인간 소년이 콧방귀를 뀌었다. 그의 행동에 소년은 기분이 나쁠 만도 했다. 그러나 엉덩이를 밀어 벽에 붙어 앉을 뿐이었다. 소년은 노란 눈을 데구루룩 굴려 인간 소년을 쳐다보았다. 아무것도 모른다는 소년의 말간 얼굴을 보던 인간 소년이 미간을 찌푸리며 이를 뿌득 갈았다. 그러거나 말거나 소년은 거울 안을 가리키며 말했다.

"숙모가 너를 이쪽에 데려오는 게 어떠냐 하셔."

"이쪽이라면 네가 있는 세계?"

소년이 가볍게 고개를 끄덕였다.

"응, 정확히는 우리 집."

"왜?"

"같은 시간대에 공존하면 둘 중 하나는 사라질 수도 있대."

"죽는 거야?"

소년이 모호하게 말했다.

"글쎄, 그럴 수도 있겠지? 흔적이 사라지는 거니까."

"그렇게 강 건너 불구경하듯이 말해도 되는 거냐?"

태연하기 짝이 없는 소년과 달리 인간 소년은 몸을 부들부들 떨었다. 소년은 머쓱한 얼굴로 가만히 있었다. 소년에게 인간 소년은 어떻게 할 수 없는 존재였다. 한동안 아무 말도 없던 인간 소년이 의자 등받이에 걸려 있던 겉옷을 어깨 위에 둘러썼다. 두꺼운 소재로 만든 실내복에 겉옷을 걸쳤는데도 인간 소년은 오들거림을 멈추지 못했다.

"춥니?"

"추워."

인간 소년의 말에 소년이 파리한 자신의 손가락을 만지작거렸다.

"춥구나."

소년이 일어섰다. 인간 소년은 자신에게로 걸어오는 뱀파이어에게 시선을 고정한 채 주춤거리며 뒤로 물러섰다. 소년은 손가락을 딱 소리 나게 튕긴 뒤 인간 소년의 머리를 쓰다듬었다. 인간 소년은 물처럼 촉촉한 온기가 발끝까지 내려오는 느낌에 눈을 크게 떴다. 놀란 인간 소년과 달리 소년은 아무렇지 않게 자리에 돌아와 앉았다.

"이제 덜 추울 거야."

인간 소년이 소년을 노려보았다. 핏기 없이 창백한 얼굴을 제외하면 멀쩡하고 평범해 보였다.

'거울 속에서 나다니는 것 말고는 별거 없을 줄 알았는데.'

신경질적으로 입술을 움직이던 인간 소년이 소년을 똑바로 보며 물었다.

"거기 가면 너 같은 애들이 많아?"

"응, 우리 동네에서 벗어나면 인간도 있고 그래. 근데 멀어서 잘 안 가."

"인간 동네가 멀다고?"

"진정해. 흡혈귀가 그렇게 무섭지는 않아."

소년의 말에 인간 소년이 콧방귀를 뀌었다. 아주 잠시 그는 여유를 찾은 것 같았다.

"내가 거기로 가면 너 같은 애들이 내 피를 다 빨아 먹을 수도 있겠네?"

"안 그래. 다들 알 거야, 네가 누군지. 그리고 거기서는 나 함부로 못 해."

"왜?"

"음, 왜 그럴까?"

소년이 장난을 던졌지만 인간 소년은 웃지 않았다. 씽긋 웃던 소년이 멋쩍게 입술을 오므렸다. 미래의 자신이 머쓱해하거나 말거나 인간 소년은 거울이 깨져라 노려보다가 소년을 흘긋 쳐다보았다. 두 소년의 검은 눈과 황금빛 눈이 마주쳤다. 인간 소년이 천천히 고개를 끄덕였다.

"좋아. 가 보자."

인간 소년이 고개를 다 올리기도 전에 소년이 다가왔다. 소년은 인간 소년의 어깨를 쥐었다. 인간 소년은 겁에 질렸지만 아닌 척했다. 인간 소년은 소년이 당기는 대로 거울 속으로 빨려 들어갔다. 거울의 표면에 처음 닿을 때는 간지러웠고 이내 온몸이 흔들려 속이 울렁거렸다.

인간 소년이 땅 위로 비틀거리며 내려섰다. 실내화를 신었지만 발목부터 돋는 소름에 몸을 움츠렸다. 뒤집힐 듯 울렁거리던 속은 거짓말처럼 가라앉았다.

"아, 잘못 나왔네."

"뭐?"

소년이 멋쩍게 웃으며 인간 소년의 어깨를 툭 치고는 말했다.

"내 방으로 착지했어야 했는데. 여긴 이솔이 별당이야."

"이, 뭐?"

갑자기 더욱 차가워진 공기에 인간 소년은 옷깃을 안쪽으로 끌어당겼다. 소년이 씌워 준 온기가 소용이 없을 정도로 주변은 차가웠다. 인간 소년이 고개를 돌리자 소년과 똑같은 눈을 한 남자와 그보다는 좀 더 인간 같은 여자가 서 있었다. 둘 다 인간 소년에게 그리 좋은 인상으로 보이지 않았는데, 여자의 눈이 더 작고 깊어서인지 인간 소년을 쳐다보는 눈빛이 남자보다 매서웠다.

"너구나."

"와, 진짜 똑같네."

인간 소년은 입을 열지 않았다. 인간 소년의 겁먹은 검은 눈이 뱀파이어 둘을 열심히 훑었다. 조한은 인간인 친구가 신기했는지 서슴없이 이리저리 뜯어보고 있었다. 인간 소년은 자신을 둘러보는 황금빛 눈에 살짝 인상을 썼다.

"인사해요, 숙모. 양조한, 너도."

소년이 조한의 어깨를 쳐서 인간 소년과 떨어뜨렸다.

"여기는 우리 숙모. 여기는 양조한. 학교에 있는 애랑은 다른 애고, 얘도 시간을 건너다녀. 숙모, 조한아, 여기는 인간일 때의 나."

숙모가 끄덕, 인사했다. 조한은 나름 쾌활히 인사한답시고 인간 소년의 팔뚝을 잡았는데 곧이어 으악 소리를 내며 손을 뗐다.

"뜨거워."

조한이 따끔한 손을 만지작거리며 말했다. 인간 소년은 놀란 표정으로 양조한을 쳐다보았다. 소년과 똑같이 생긴 황금빛 눈동자 위에 붉은 것이 사라질 듯 줄어들다 넓어졌다. 소년은 옷을 더욱 세게 여미는 인간 소년을 보며 말했다.

"조한이는 내 친구. 얘랑 놀면 잘해 줄 거야."

"와, 얘가 걔야?"

카랑카랑한 목소리가 소년의 말을 뒤따라왔다. 인간 소년은 이제 파랗기까지 한 얼굴로 뒤를 돌았다. 웬 여자애 둘이 걸어 들어오고 있었다. 하나는 소년과 똑같은 눈에 머리를 팔락이고 있었고 그보다 조금 작은, 깡마른 애가 숨어 오듯 따라왔다. 깡마른 애는 눈알이 붉었고 머리카락도 물을 들여 놓은 듯 시뻘겋다.

숙모라는 은빛 눈알의 여자가 말했다.

"걔라니. 오빠한테 호칭 제대로 하라고 했지."

기강을 잡는 모습에 인간 소년은 자기도 모르게 콧방귀를 뀌었다.

"죄송해요."

쇠도 뚫을 듯한 목소리가 단번에 수그러들었다.

"진짜 똑같네요, 인간 오빠."

이솔은 아까보다 점잖은 목소리와 말투를 썼다. 다른 사람처럼 바뀐 말투에 인간 소년이 뱃속부터 올라오는 뭔가를 삼키듯 크게 침을 삼켰다.

"여긴 이솔이. 피는 안 섞였지만 내 동생이야."

인간 소년이 기가 차다는 듯 말했다.

"동생? 너희도 가족이 있어?"

이솔이 말했다.

"공동체라고만 하면 정 없잖아요. 가뜩이나 피도 찬데."

피가 있기는 한 건지 인간 소년은 궁금했지만 생각만 할 뿐 딱히 입 밖으로 뱉지 않았다. 그는 뭐라 꼬집어 말하기 모호한 표정을 하고 있었다.

소년이 인간 소년을 쳐다보았다. 후회하는 것 같기도 하고 무서워하는 것 같기도 했다. 확실히 좋은 얼굴은 아니었다. 소년이 인간 소년을 살짝 끌어당겨 말했다.

"숙모가 음식과 옷을 챙겨 줄 거야. 불도 줄 거고. 숙모는 불 켜는 법을 기억하시거든. 수행하는 아이들은 불 켜는 법을 잊었을 테니까 숙모가 주는 것 외에 더 필요하면 다른 애들한테 말해. 나랑 눈이 똑같은 애들이야. 마음에 안 들더라도 너무 나쁘게 생각하지는 말아 줘."

인간 소년이 물었다.

"쟤는 왜 머리가 빨개? 눈도 빨갛고."

"준안이? 준안이는 시간을 건너는 뱀파이어가 아니라서 그래."

"여기 뭔가, 별게 다 있는 것 같다."

인간 소년의 말에 소년이 픽 웃었다.

"네 시간대에 없는 게 많기는 하지. 준안이도 뱀파이어긴 한데 우리 가문 사람은 아니라서 아마 마주칠 일은 별로 없을 거야."

"가문…… 진짜 가족이네."

인간 소년이 중얼거리며 검은 눈을 굴려 조한과 이솔을 보았다. 이솔 뒤에 반쯤 몸을 숨긴 준안과도 시선이 닿았다. 인간 소년은 자신보다 빠르게 시선을 거두는 뱀파이어의 모습에 다시 이맛살을 찌푸렸다.

"집에는 내가 데려다줄게."

소년이 웃으며 인간 소년의 등을 두드렸다. 인간 소년은 눈을 내려 풀을 보았다. 차가운 공기만큼이나 시퍼런 풀이었다.

'지금 내 얼굴이 저렇게 퍼렇겠지.'

인간 소년은 속으로 웅얼거리다 목이 칼칼해져 침을 삼켰다. 문득 몸이 부은 것 같다는 생각이 들었다. 뿐만 아니라 살짝 감은 눈이 조금 무거워진 것 같기도 했다. 그것을 인간 소년만 느낀 것은 아닌 모양이었다. 소년은 자신도 모르게 구부렸던 등을 곧게 피며 말했다.

"벌써 피곤해요."

숙모가 인간 소년을 보며 말했다. 연민인지 뭔지 모를 감정이 적당히 담겨 있었지만 따뜻하지 않은 시선이었다.

"둘 다 그만 들어가자꾸나."

인간 소년은 숙모와 조한의 안내를 따라 돌길을 걸어갔다. 바람이 부는 소리도 없이 조용했다.

세 사람의 뒷모습을 보던 소년이 거울 쪽으로 몸을 틀었다. 어깨를 이리저리 비틀며 뭉친 감각이 느껴지는 근육을 이완시켰다.

이솔이 여전히 괄괄한 목소리로 물었다.

"가는 거야?"

"응."

"잘 갔다 와. 인간 오빠 안 춥게 할게."

당당히 서 있는 이솔의 뒤로 준안도 말없이 고개를 끄덕였다.

"응, 고맙다."

주머니에 손을 찔러 넣은 채 거울 안에 발을 걸친 소년은 한쪽 다리가 다 들어가기 전 고개를 돌렸다. 조한의 걸음을 따라가는 인간 소년의 마른 등이 보였다. 두꺼운 실내복에 둘러싸인 몸이었지만 잔뜩 움츠러든 것이 한눈에 들어왔다. 소년의 눈에 담긴 붉은 기가 사라질 것처럼 흐려지다 다시 붉어졌다. 짧고 얕은 한숨을 뱉으며 몸을 완전히 거울 속으로 들여 넣었다.

*

두꺼운 안경 너머로 뚜렷이 소녀를 보던 소년은 눈이 마주치자마자 책으로 고개를 떨궜다. 소년이 무슨 생각을 하는지 알 수 없는 소녀는 답답할 뿐이었다. 한숨을 쉬는 소녀의 미간에 살짝 주름이 잡혀 있었다. 소녀는 볼 안쪽 살을 씹으며 끙끙거렸다. 소년의 곁에는 언제나 차가움이 흘렀다. 차가움, 딱 그 단어가 어울렸다. 길지도 않고 짧지도 않은 차가운 봄날에, 딱 한 번 손을 맞댄 적이 있었다. 맞댔다기보다는 스친 정도였지만 소녀는 손의 핏줄이 모두 얼어붙는 것 같은 차가움과 통증에 화들짝 놀랐었다.

"야, 이동 수업이다."

정운이 소녀의 어깨를 치며 일어섰다. 옆 분단과 같은 모둠이 된 정운은 게걸음으로 자리를 옮겼다. 짝꿍 덕에 현실로 돌아온 소녀는 뒤늦게 수업 준비를 했다. 소녀는 필통에서 펜 하나를 꺼내 옆 책상에 올려놓았다. 이동 수업 때 같이 앉는 갈색 머리 여자애는 자주 물건을 잃어버려 소녀가 펜을 빌려주고는 했다.

소녀가 숙제 노트를 꺼내고 있을 때 소녀의 펜이 앞자리로 옮겨졌다. 소녀는 아는 이 하나 없던 이동 수업에서 처음 사귄 친구의 자리가 옮겨지는 것을 멍청하게 지켜보았다. 소년이 태연하게 펜을 옮기고는 소녀의 옆자리에 앉았다.

갈색 머리 여자애가 소년에게 말했다.

"여기 내 자린데?"

소년이 말했다.

"오늘은 내가 여기 앉을래. 네 펜, 거기 올려놨어."

여자애는 소녀와 소년을 번갈아 보고는 미련 없이 소녀의 옆자리를 포기했다.

소녀는 소년을 흘끔 보다 고개를 돌렸다. 그에게서 뿜기는 냉기에 옷을 조금 여미었다. 그뿐이었다. 소년도 자리만 옮겼을 뿐 소녀에게 말을 걸지는 않았다.

소년은 가만히 소녀의 냄새를 느꼈다. 공기 안에 퍼지던 냄새는 바로 옆에서 폭발하고 있었다. 소녀에게서는 맛있는 냄새가 났다. 아주 진득하고 유혹적인 향이었다. 그 향은 소녀가 움직일 때마다 더욱더 진해졌다.

소년이 조한에게서 유인물을 건네받았다. 외울 것이 많은 수업답게 유인물의 양이 상당했다. 소년은 두 묶음씩 덜고는 뒤로 넘겼다. 그리고 하나는 소녀가 가져갔다. 이러다가 두 사람은 살이 닿은 적이 몇 번 있었다. 찰나인 데다 아무런 의미가 없었는데, 소년은 그때마다 깜짝깜짝 놀랐다. 행동만큼 눈치도 빠른 소년은 검은 눈을 동그랗게 뜬 채로 보는 소녀 덕에 자신의 놀람이 꽤 큰 몸짓이란 것을 알 수 있었다.

소녀는 소년에게서 최대한 거리를 벌려 앉았다. 소녀는 소년이 이상하다고 생각했다. 두꺼운 안경알 너머로 눈알이 굴러다니는 것이 다 보였다.

순간 욱한 소녀가 소년에게 들었던 말을 중얼거렸다.

"꺼져……."

"응? 뭐라고?"

입만 움직인 것에 가까운 중얼거림을 용케 들었는지 소년이 반응했다. 소녀는 말없이 고개를 저었다. 소녀는 수업이 끝날 때까지 소년에게 한마디도 먼저 말을 걸지 않았다.

소년이 보기에 소녀는 꽤 매력적이었다. 항상 단정한 머리도 피가 건강히 돌고 있는 입술도 예쁘게 흐르는 눈매도 가끔 발을 움직이는 버릇도. 소년은 눈을 감고 마른침을 삼켰다. 소녀의 피는 누군가 속에서 끓여 내는 것 같았다.

소년의 마음이 널뛰고 있었다.

소년은 얇고 넓적한 손바닥으로 머리를 괴었다. 한 손으로 턱뼈와 뒷목을 받친 탓에 시선이 완전히 옆으로 돌아갔다. 소년은 딱딱하게 입술을 다문 채 부드러운 듯 건조한 시선으로 소녀를 쳐다보았다.

'분명 이유가 있을 텐데.'

소년은 자신의 손가락과 손바닥에 심장 뛰는 소리가 느껴지지 않는 것을 알았다. 새삼스러운 것은 아니었으므로 소년은 그다지 놀라지 않았다. 그러나 그 사실이 소년의 얕은 무의식을 건드렸다. 소년은 소녀가 움직이기를 기다리고 있었다. 손으로 젖히든 목을 움직이든 검은 머리가 찰랑거리기를 바랐다. 소녀가 움직일 때마다 어깨너머로 넘긴 검고 윤기 나는 머리카락이 탄력 있게 흔들렸다. 소년은 소녀의 머리카락 사이에 손을 넣고 싶었다. 손가락 사이로 차갑지만 부드럽게 스칠 머리카락을 지나 머리를 지지하고 있는 목도 잡고 싶었다. 턱 아래 콩닥거릴 핏줄을 찾아서 그대로 그 안의 피를 몽땅 빨아내고 싶었다.

소년은 소녀와 별안간 눈이 마주쳤다. 머리카락이 젖혀지며 보이는 얼굴에 요동이 없었다. 소년을 똑바로 바라보는 이목구비는 단호했다.

수업 종이 치기 무섭게 움직이는 아이들 사이로 소녀가 일어섰다. 땅을 한 걸음 한 걸음 꽉꽉 누르며 곧장 소년에게로 오더니 단호한 목소리로 물었다.

"왜 그렇게 보는데?"

소년이 숨을 삼켰다.

"응?"

"무슨 할 말 있어?"

"할 말?"

"꺼지랬으면서 왜 쳐다보는데?"

소년이 소스라치게 놀라 물었다.

"내가 그랬다고?"

소년이 벌떡 일어서며 소리친 것 때문에 소녀가 주춤 물러섰다.

"내가?"

소년은 소녀의 코끝에 얼굴을 들이밀었다. 소녀가 숨을

들이켰다. 살짝 굳은 몸과 달리 검은 눈동자는 갈피를 잡지
못해 사방으로 굴렀다. 소년도 갑자기 움직인 탓에 안경이
코끝으로 밀려 나와 있었다. 두꺼운 안경알이 내려간 맨눈
은 조금 붉었다. 소녀가 소년을 빤히 보았다. 소녀는 소년
의 눈이 이상하다고 생각했다.

"어, 미안. 내가 그랬을 리가 없는데……. 미안."

금방이라도 폭발할 듯 움직였던 소년은 금세 비 맞은 강
아지가 되어 사과했다. 그때 어디선가 갑자기 튀어나온 고
성방가가 소녀를 포함한 주변의 관심을 끌었다. 고개가 돌
아가고 시선이 모였지만, 소녀도 소년도 각자의 이유로 거
기에 신경 쓸 수 없었다. 소년은 날개라도 펼친 듯 거대했
던 몸이 구겨져 소녀보다 작아진 듯했다.

"그, 소리 지른 것도 미안……."

우물거리며 사과하는 소년의 눈꺼풀이 눈동자를 살짝
가렸다. 온몸이 뻣뻣하게 굳었던 소녀는 그 순간 자신이 소
년을 오해했다는 생각이 들었다. 눈앞에서 몸을 배배 꼬고
있는 아이는 분명 자신이 아는 그 소년이었다.

"됐어."

소녀가 코끝에 걸린 소년의 안경을 밀어 올려 주며 말했
다. 소녀의 목소리는 약간 누그러져 있었다.

"오늘 집에 같이 가자."

소녀가 저만치 걸어갔다. 멍청한 자세로 서 있던 소년에게 조한이 말했다.

"너보다 쟤가 더 놀랐겠다, 야. 자라목 되겠네."

조한이 친절히 친구의 목을 잡아 넣어 주었지만 차가운 살에 닿기 무섭게 손을 뗐다. 그러거나 말거나 소년은 소리 없이 주저앉고 말았다.

같은 사람

시작은 단순한 호기심이었다. 그러니까, 소년은 인쇄 전 종이같이 순수한 상태였다. 주위의 핀잔과 만류도 소년이 자신의 과거로 가는 것을 막을 수 없었다. 처음 거울을 통해 건너온 집은 아무도 살지 않는 것처럼 조용했다. 그리고 소년이 있던 곳보다 훨씬 더워 오래 있을 수 없었다. 소년은 딱딱한 철문을 열까 잠시 고민하다가 창문을 열고 훌쩍 뛰어내렸다. 꽁꽁 언 눈덩이와 수분이 말라 부스러지는 낙엽을 밟으며 소년이 개구쟁이처럼 중얼거렸다.

"내가 이런 곳에서 살았구나."

한 겹짜리 얇은 옷차림에도 소년은 추워하는 기색이 없었다. 입김도 나오지 않았다. 소년은 아파트 벤치에 드러누워 달을 구경했다. 멀찍이서 보면 정신 나간 사람으로 보일 수 있었으나, 늦은 겨울밤이어서 그런지 아파트 밖으로 나오는 사람이 거의 없었다.

　한참 빈둥거리던 소년이 몸을 일으켰다. 예민한 감각이 그를 움직였다. 소년의 황금색 눈이 흐릿한 가로등 불빛에도 번쩍였다. 몸이 동그랗게 보일 정도로 옷을 껴입은 인간 여자애가 보였다. 장갑 낀 손으로 옷걸이에 걸린 교복을 어깨에 걸치고 있었다. 겉을 싼 얇은 비닐이 걸을 때마다 바스락거렸다. 하지만 소년의 감각이 찾은 것은 소리가 아니었다.

　"피 냄새……."

　소년의 목소리에서 어떠한 욕망이 끓었다. 잠시 소년을 들뜨게 한 그 여자애는 건물 안으로 사라졌다. 소년의 감각을 깨운 냄새도 사라졌다. 차가운 공기가 코를 가득 채웠다. 인간 시절의 시간은 건너다니던 다른 시간에 비하면 재미가 없었다. 이렇다 할 구경거리도 없었다. 평범하고 조용했다. 왜 이렇게 허전한지 소년조차도 궁금해질 지경이었다. 소년은 다시 인간 시절 머물렀던 집으로 걸음을 옮겼다. 그리고 불행인지 다행인지, 소년은 그곳에서 인간 시절의 자신을 만날 수 있었다.

　소년이 인간 소년을 처음 마주했을 때, 인간 소년은 어두운 방에 혼자 누워 있었다. 훈기가 올라오는 침대에 몸을 덥힐 이불 따위를 잔뜩 낀 채였다. 그는 소년이 거울 속에서 걸어 나왔을 때 소리조차 지르지 못했다. 인간 소년은 한쪽 배를 움켜쥔 채 얼굴만 찡그리고 있었다.

"안녕?"

심장마비를 일으켜도 이상하지 않을 인간 소년에게 소년이 태연히 말을 걸었다.

"니가 내 과거구나."

"과거?"

인간 소년이 목소리를 짜내 물었다. 침대만 따뜻하게 해놓아서 방바닥은 얼음장일 텐데, 소년은 개의치 않으며 주저앉았다. 누워 있는 인간 소년의 얼굴이 찌푸려짐과 동시에 허옇게 질렸다. 그러나 놀라는 티가 없었다. 드문 일이었다.

"응, 넌 내 인간 시절이니까 과거지. 넌 미래에 뱀파이어가 돼. 시간을 넘나드는 뱀파이어. 나도 미래에서 시간을 건너왔어."

"미래? 뱀파이어? 잠깐만, 그럼 내가 죽지 않는다는 거야?"

"꼭 그렇진 않은데……. 난 다시 사는 거라서."

"어디서 사는데?"

"음, 그건 딱 꼬집어 말하기 어려워. 꽤 먼 미래긴 한데 과거와도 인접해 있는 어느 부분. 그곳에서 왔어."

소년이 구연동화를 들려주듯 말했다. 아픔에 찌든 인간 소년이 얼굴을 더 찌그러뜨리며 읊조렸다.

"사람 피 마시면서 연명하는 거야?"

그의 질문에 소년의 얼굴이 살짝 곤란한 빛을 띠었다.

"음, 인간 피를 먹긴 해. 그게 제일 맛있거든. 그렇지만 인간 피는 규정이 있어서 보통은 동물 피를 먹어. 그리고 꼭 피를 먹어야 하는 건 아냐. 인간 음식을 먹기도 해. 피를 굶는다고 죽는 것도 아니고."

"뭔 소리야, 이게."

인간 소년의 목소리에 짜증이 가득했다. 소년은 핼쑥한 얼굴의 인간 소년을 물끄러미 바라보았다. 소년에게는 낯선 표정이었다. 오랫동안 묵은 것이 아니라 단시간에 급격하게 쌓인 것이었다. 인간 소년이 침을 삼키며 물었다.

"여긴 왜 온 거야?"

소년의 노란 눈동자가 휙 굴러, 얕은 어둠 속 검은 눈동자와 마주쳤다. 순간 모골이 송연해진 인간 소년이 말을 덧붙였다.

"내, 내 피 먹으러?"

소년이 발랄하게 말했다.

"아니, 그럴 리가. 내가 내 피를 먹는 건 좀 이상하잖아?"

원래 그런 성격인 건지 과거의 자신을 만나 들뜬 건지, 소년은 신이 난 것 같았다. 인간 소년은 자신과 똑같이 생긴 얼굴에 똑같은 목소리로 말을 하는 소년이 너무나 공포스러웠지만, 이내 통증이 두려움을 덮었다.

"난 그냥 내 과거가 궁금해서 왔어. 우리는 인간 시절을 기억 못 하거든. 보통은 알고 싶어 하지 않기도 하고."

"우리……."

"넌 뭐 하고 살아?"

다른 의도가 전혀 느껴지지 않는 질문이었지만 인간 소년은 몸을 떨며 말했다.

"학교 다녀. 이제 고등학교 2학년."

"학교? 공부랑 수업?"

"응."

"와, 나도 학교 다니고 싶어."

소년의 눈동자에 씐 붉은 기운이 옅어지고 원래 색으로 돌아왔다.

"나랑 같이 다닐래? 하루는 네가 가고 하루는 내가 가고."

"이제 막 개학했는데?"

인간 소년의 눈이 튀어나올 듯 커졌다. 그리고 읊조리듯 중얼거렸다.

"하긴 학교는 하나같이 잘난 인간들만 많아서……. 난 그 정돈 아닌데 그나마 여긴 말은 통하니까……."

"뭐? 잘 안 들려."

소년이 고개를 쭉 빼자 인간 소년은 눈살을 찌푸렸다.

"다 싫다. 엄마도 싫고 아빠도 싫고 나도 싫고 갑자기 아픈 것도 싫고."

인간 소년이 중얼거렸다.

"밖에만 있다 간신히 돌아온 건데 누워나 있고."

잔뜩 움츠린 인간 소년에게 피 냄새가 흘러나왔다. 소년에게는 숨길 수 없었다. 소년의 시선이 이불로 향했다.

"너 다쳤구나."

무게감 있는 목소리가 날카롭게 파고들었다. 소년이 엉덩이를 떼고 인간 소년에게로 다가갔다.

"아니야."

공포가 통증을 덮은 인간 소년이 소년을 막으려 손을 휘둘렀다. 덩치가 똑같은데도 소년이 한참 더 커 보였다. 허우적거리다가 금세 제압당한 인간 소년은 소년의 차가운 손을 그대로 느끼고 있어야 했다.

인간 소년의 옷을 걷어 올린 소년이 말했다.

"다쳤네."

상처를 살피던 소년이 송곳니를 보이며 살짝 웃었다. 인간 소년은 등줄기에 식은땀이 흐르는 것을 느꼈다.

"이거 내가 치료해 줄게."

인간 소년이 거부할 새도 없이 소년이 상처에 손을 갖다 댔다.

"아프잖아!"

"이 정돈 좀 참아."

새롭게 느껴지는 통증에 인간 소년이 몸을 비틀며 뒤척였다. 소년이 손을 갖다 대고 있을 때까지만 해도 미칠 듯 아프던 통증이 손을 떼자 말끔히 사라졌다.

"너, 너 이거 어떻게……."

"말했잖아, 나 뱀파이어라고. 이 정도 상처야 뭐."

소년이 씩 웃었다. 그가 뒷말을 붙이려 할 때 문이 달칵거렸다. 인간 소년의 얼굴이 괴상하게 일그러졌다. 아쉬움과 안도감이 섞인 얼굴이었다. 흉내 낼 수도 다시 한번 지어 보일 수도 없는 투명한 감정 표현이었다. 문고리가 훅 내려가며 누군가 들어오려 하자 소년이 거울에 발뒤꿈치부터 넣으며 말했다.

"일주일 뒤에 올게. 그땐 허락해 줘야 해."

소년이 들어간 거울 안에 인간 소년의 얼굴만 남았다. 지치고 질린 표정이었다.

*

소년은 핏기 없는 손가락으로 교복 자락을 매만졌다. 예복을 고쳐 만든 것 같은 교복의 촉감이 좋았다. 밤공기를 타고 눅진하고 고소한 냄새가 났다. 앞서 가는 소녀의 머리카락 올올이 묻어나는 냄새에 소년이 눈을 가늘게 떴다. 기억의 한 구석을 건드는 찰나였다. 짧게 숨을 내쉰 소년이 소녀를 큰 걸음으로 따라잡았다. 두 사람의 격차는 금세 좁혀졌다.

집으로 가는 길에 두 사람은 달맞이 벤치를 지나쳐 단지 내 정자에 자리를 잡았다. 정자는 달맞이 벤치보다 조금 바깥에 있어 비교적 눈에 덜 띄고 조용했다. 소녀는 정자 끄트머리에 앉아 하늘을 올려다보았다. 소년은 어기적어기적 걸어와 소녀 옆에 얌전히 섰다. 소녀가 발을 휘저으며 한참을 하늘만 보다가 갑자기 소년을 쳐다보았다. 소녀만 보고 있던 소년은 깜짝 놀라 말을 건넸다.

"할 말 있어?"

소녀가 표정에 변화 없이 말했다.

"난 너 보고 싶었어."

소년은 머리를 굴렸다. 어떻게 대처해야 할지 도통 떠오르는 말이 없었다.

"응, 나도."

"언제부터?"

"응?"

"언제부터 보고 싶었는데?"

소년이 침을 삼켰다. 대답할 수 없었다. 소녀는 자신의 옆자리를 툭툭 쳤다. 나란히 앉은 덕에 서로의 얼굴이 보이지 않았다. 한참 후에 소녀가 입을 열었다.

"나랑 너는 어린이집 다닐 때부터 앞집 옆집 사이였어. 학교가 같았던 적은 없지만 항상 같이 놀았어. 그것도 네가 좀 크면서 깨졌지만."

소년은 일단 맞장구를 쳤다.

"응, 그렇지."

"지금은 좀 괜찮아? 세상을 찢어 버리고 싶다며."

소녀의 말에 소년의 눈이 갈 길을 잃었다. 과거의 자신이 무슨 말을 한 건 지 기억날 리 없었다.

"괜, 괜찮아. 지금은."

소년이 얼버무리자 소녀는 헛웃음을 터뜨렸다. 소년은 웃는 이유를 물어보고 싶었지만 그리 즐거운 웃음으로 들리지 않아 묻지 않았다.

소녀가 말했다.

"미안해."

"뭐가?"

"나는 그래도 친구라고 생각했는데. 네가 떠나는 날까지 너에 대해 아는 게 없었잖아."

소년은 잠자코 있었다. 소녀는 대화가 이어지기를 원하는 것 같았다. 그러나 아는 것이 없는 소년으로서는 대화의 맥락이 이해되지 않았다.

소녀가 혼잣말하듯 말했다.

"순식간이었어. 네가 화만 내게 된 건. 성격이 변하는 시기야 누구나 있다지만 그래도 항상 같이 자란 친군데, 이유를 알았다면 내가 조금이라도 도움이 되지 않았을까? 옆에서 누군가 괜찮다고 말해 줬으면 좋았을 텐데."

소녀는 진심으로 안타까워하는 것 같았다. 소녀의 말과 그동안 봐 온 인간 소년의 모습을 곱씹어 볼 때, 그는 과열

한 사춘기를 겪어 까칠해진 모양이었다. 소년은 고개를 까딱였다. 소녀의 말이 어떤 의미인지 어느 정도 알 것 같았다. 하지만 소년이 볼 때 인간 소년의 열등감은 주변의 도움이 통할 것 같지 않았다. 그게 소녀라 할지라도.

소년이 무심하게 말했다.

"말했으면 달라졌을까? 친구는 그렇게 큰 의미가 없어."

"그렇게 큰 의미가 없다고?"

소녀는 소년을 쳐다보았다. 건물에 가려 반쪽이 된 달빛을 소년이 받고 있었다. 햇빛 아래서도 생기 없던 피부가 반짝반짝 빛났다. 소녀는 안경테 너머로 보이는 금빛 눈을 뚫어져라 보았다. 소녀의 날카로운 눈빛을 느낀 소년이 급히 몸을 틀었다.

"왜, 왜?"

소년이 소녀의 얼굴을 보았다. 두꺼운 안경알에 검은 눈동자가 이지러졌다.

소녀가 담담히 말했다.

"이상해. 얼마 전까지 너 안 이랬는데. 친구도 못 하겠다 싶다가도 그건 아닌가 했는데, 지금 보니 또 그게 맞나 싶고. 나를 싫어한다고 생각했는데 그냥 아예 나를 없던 존재로 대하는 것도 같고. 참 알 수가 없다. 너, 많이 이상해."

"아냐, 이건……."

소년이 횡설수설했다. 인간 소년과 닮은 까만 눈동자가 소년의 행동을 전부 지켜보고 있었다. 소년의 곧고 긴 목과 어울리는 길고 가는 손가락이 갈 곳을 잃고 소녀의 눈앞에서 춤을 추었다. 달빛 때문인지 소년은 그 어떤 때보다 매력적이었다. 분명 그대로인데, 소녀는 소년의 이런 모습을 처음 보는 것 같았다. 눈물이 나올 것 같았다. 소녀가 버둥대는 소년을 보며 말했다.

"난 네가 좋아. 되게 이상하고 정 없는 행동만 하지만, 옛날보다 지금 더. 난 네가 너무 좋아."

소녀 자신도 무슨 말을 하는지 모르는 것 같았다. 차갑고 고요한 밤공기가 그들을 맴돌았다.

*

별빛이 쏟아지는 마당에서 소년 홀로 고요하지 못했다. 교복도 벗지 않은 소년의 황금빛 눈에 검고 반짝이는 우주가 담겼다. 등을 대고 누워서도 몸부림은 그치지 않았다.

"갑자기 그런 말을 하면 어쩌냐고."

소년이 머리카락을 마구 헤쳐 섞다 풀밭을 굴렀다. 눈을 끔벅거리며 희한한 기분에 휩싸여 있을 때 뭔가 터지는 소리가 나더니 바닥에서 돌 같은 것이 튀어나왔다. 소년이 상체만 일으켜 그것을 보았다. 흙물에 젖은 조한이었다. 소년은 조한이 지고 있던 덤불을 벗겨 줬다. 잠시 후, 씻고 나온 조한은 초록색 병 하나를 흔들며 가져왔다. 병에 담긴 검붉은 액체가 찰랑거렸다.

소년이 인상을 찌푸리며 말했다.

"피는 아닌 것 같은데."

"오, 예리하네."

조한이 병을 빙글 돌리다 능숙하게 마개를 땄다. 톡 쏘는 향에 소년이 인상을 더 찌푸렸다.

"이게 뭐야?"

"와인이야. 갓 만들었을 때 가져온 건데."

조한이 송아지 피를 마시던 잔에 와인을 따랐다. 소년도 한 모금 넘겼지만 곧 잔을 내려놓았다.

조한이 심드렁하게 말했다.

"걔는 잘 알던데."

"걔?"

소년이 황금빛 눈으로 조한을 빤히 바라보며 의자를 당겨 앉았다.

"그 인간 아이."

소년은 인간 소년의 존재를 잊고 있던 모양이었다. 조한이 어른스럽게 혀를 찼다.

"아까부터 계속 머릿속이 복잡한가 봐? 잘 데려다줬으니까 걱정 마. 학교는 어때?"

조한은 그냥 소년의 입에서 재미있는 말이 나오기를 바라는 것 같았다.

"아주 재밌지."

소년의 대답에 조한이 오, 하며 맞장구를 쳐 주었다. 소년은 곧바로 태도를 바꾸어 심각하고 조심스러운 질문을 던졌다.

"너는 누가 널 당황스럽게 한 적 있어? 막 갈피를 못 잡게 한다거나. 그러니까 나는 잘못한 게 없는데 잘못한 것 같고, 얘는 화낼 일이 아닌 것 같은데 화를 내고, 근데 난 또 미안하고."

조한이 심드렁하게 대답했다.

"싸운 거야? 그 맛있는 냄새랑?"

"그럴 리가."

소년의 눈 속 소용돌이가 터질 듯 커지다가 작아졌다.

"나는 그 아이와 싸울 수 없어."

소년의 어깨가 한껏 바닥으로 떨어졌다.

"내 과거와 싸우지 못하는 것과는 달라. 아예 달라. 이건 내가 인간이었던 때를 전부 기억해도 똑같았을 거야. 나는 그 애를 되게 맛있는 냄새가 나는 애로 생각했을 거고, 항상 내 시야에 두고 싶었을 거고, 같이 걸어갈 때 부는 바람이 좋다고 생각했을 거고, 그 애가 예쁘다고 생각했을 거야."

소년은 조한을 보지 않았다. 한껏 삐진 꼬마처럼 딱 붙여 내민 입술은 더 이상 말할 생각이 없는 듯했다. 그것을 흥미롭게 지켜보던 조한이 한마디를 던졌다.

"그게 끝이야? 예쁜 앤 많은데?"

"없어!"

소년이 괜스레 목소리를 높였다. 불붙듯 타올랐던 목소리가 금세 땅으로 꺼졌다. 마음이 불안정한 뱀파이어는 표가 났다. 금방이라도 울 것처럼 입술이 일그러졌다. 감정을 숨김없이 내비치는 얼굴에 즐거움보다 착잡함이 더 깊게 자리 잡고 있었다.

의심

소녀는 그 이후로 상당히 적극적으로 바뀌었다. 소년과 밥을 같이 먹거나 모둠별 수업에 함께 참여했다. 애교 없는 성격이라 웃는 것을 연습하고 다니기도 하고, 음료수 캔이나 초콜릿을 다짜고짜 소년의 손에 쥐여 줄 때도 있었다.

소녀가 그럴 때마다 소년은 갈증이 되살아나는 듯했다. 여전히 소녀의 목에 이를 박고 피를 빨아내고 싶었다. 소녀는 소년과 함께 하교하려고도 했지만, 그건 소년이 거절했다. 말로 거절한 건 아니고 방과 후 소녀가 소년을 찾을 때는 늘 소년의 발이 이미 교문 문턱을 넘고 있었다.

어느 저녁 시간, 학교 계단 중간에 달린 거울에서 소년이 미끄러지듯 걸어 나왔다. 소년의 교실로 가는 길목에 있는 계단은 사람들의 왕래가 드문 곳이라 소년이 가끔 이용

하고 있었다. 소년이 손끝을 내려다보았다. 오래되어 칠이 다 벗겨진 거울에서 나오다가 튀어나온 나뭇조각에 손을 스친 모양이었다. 손끝의 핏방울을 핥으며 계단을 올라가던 소년이 모퉁이를 돌자마자 보이는 소녀를 보고 기겁했다. 소년은 소녀가 눈치챘는지 살폈지만 소녀는 말없이 종이 묶음만 내밀었다. 오후 수업 때 수학 선생님이 나눠 주기로 한 문제 모음이었다.

여느 때처럼 자율 학습이 시작되자 소녀와 소년은 말없이 공부에 몰두했다. 소년은 손가락에 끼운 펜을 획획 돌리다가 종이에 끄적거리며 문제를 풀었다. 학교를 다녀 본 적은 없지만 소년에게는 시간이 많았다. 오랜 시간 많은 공부를 한 소년에게 고등학교 수준의 문제는 어렵지 않았다. 조금씩 문제 푸는 것에 빠져들 즈음 갑자기 소녀의 피 냄새가 확 끼쳐 왔다. 그와 동시에 작은 쪽지가 종이 위로 떨어지고 곧 소년의 시야에 소녀의 손이 들어왔다. 집중이 깨진 소년이 천천히 쪽지를 펴 들었다. 안경에 가려진 황금빛 눈이 천천히 글자를 읽어 나갔다. 옆자리에 있었지만, 소녀와 소년은 말없이 문제만 풀고 또 풀었다. 문제지 한 장을 넘긴 소년이 소녀의 문제지 귀퉁이에 답장을 적었다.

'하늘 보라고?'

글자를 본 소녀가 고개를 끄덕였다. 소년은 창밖을 바라보았다. 점점 깜깜해지는 하늘에 어쩐 일인지 별이 한가득 떠 있었다. 흔치 않은 광경에 소년이 소녀를 보았다. 둘은 소리 없이 웃었다. 화기애애한 분위기는 하교 때까지 이어졌다. 소년은 자발적으로 소녀와 같이 걸었다. 정의할 수 없지만 꽤 괜찮은 순간이라고 소년은 생각했다. 걸어가는 동안 대화는 한마디도 없었지만, 굳이 대화를 나누지 않아도 좋았다. 소녀와 소년은 엘리베이터에서 내려 손 인사까지 하고 헤어졌다.

"왔냐?"

미소가 남은 얼굴로 소년이 문을 열자 인간 소년이 다소 퉁명스레 맞아 주었다. 얼굴이 소년처럼 허옇게 질린 인간 소년은 이불을 꽁꽁 싸맨 채 덜덜 떨고 있었다. 입술이나 코끝 등 혈색이 뚜렷하게 드러나는 부분이 퍼렇게 변해서 처음 만났을 때보다 고통스러워 보였다. 애써 의연하게 구는 태도 때문에 왠지 더 추워 보였다.

"많이 추운가 보네."

소년이 가방을 벗으며 인간 소년에게로 다가섰다. 인간 소년은 이까지 딱딱 부딪칠 정도로 떨고 있었다. 소년이 침대에 손을 가져다 댔다.

"전기장판 틀어져 있는데."

손에 닿는 인간 소년의 몸 구석구석이 용암 같았다. 타는 듯한 뜨거움에 소년의 어깨가 절로 움츠러들었다. 소년은 인간 소년의 머리를 두 번 쓰다듬고 톡톡 두드렸다. 손끝이 떨어지기 무섭게 따듯하다 못해 뜨거운 것이 몸속으로 퍼지는 것을 인간 소년은 똑똑히 느꼈다.

"좀 괜찮아?"

소년의 물음에 인간 소년이 한참이나 노려보다 고개를 저었다. 언제나 예민하고 화가 난 인간 소년의 모습에 전염이라도 되는 것일까. 소년의 얼굴은 어느새 한껏 구겨졌다.

인간 소년의 부모님은 늘 소년이 집에 돌아오고 나서 한참 뒤에야 귀가했다. 똑같이 생긴 두 소년이 조용한 집에서 할 만한 일은 그리 많지 않았다. 인간 소년은 침대 위에서 이불을 덮고 앉아 있었고 소년은 문 옆 벽에 기대앉아 있었다. 살아가는 시간대가 다른 두 소년은 한 공간에 앉아서 입을 꽉 다물고 있었다. 둘 중 먼저 입을 여는 사람은 없었다. 하지만 인간 소년은 아무 말이라도 듣고 싶은 듯 생기 없는 표정으로 흔들림 없이 소년을 보고 있었다.

결국 소년이 먼저 말했다.

"학교에 어떤 애가 있어."

인간 소년은 여전히 흔들림 없는 눈으로 소년을 보았다.

"같은 반 앤데, 되게 좋은 냄새가 나. 그러니까…… 뱀파이어가 참기 힘든 냄새. 그 냄새가 너무 좋아"

소년의 시선은 방 귀퉁이에 굴러다니는 조그마한 공에 꽂혀 있었다.

"자꾸 생각나. 난 별 느낌 없지만 그 애한테는 뜨거울 정도로 차가울 텐데, 그래도 자꾸 맞닿아 보고 싶고 그래. 그 애한테서 나는 냄새가 기절할 정도로 좋아. 피해 다니기도 했거든. 그럼 냄새에 대한 갈망이 줄어들까 싶어서. 근데 별 차이가 없어."

인간 소년이 소년을 보며 말했다.

"너, 그게 단지 식탐이라고 생각하는 거야?"

그러고는 귀 밝은 뱀파이어에게도 들리지 않을 정도로 작게 중얼거렸다.

"내가 왜 저렇게 멍청해진 거지."

인간 소년이 소년을 노려보았다.

"너, 걔 좋아하는 거야."

"뭐?"

"두 번 말하게 하지 마."

"너는 아는 거야?"

"두 번 말하게 하지 말라고 했잖아."

인간 소년이 오만상을 찌푸리며 짜증을 냈다.

"너는……."

말을 하려던 인간 소년이 고개를 푹 숙였다. 소년이 구겨진 얼굴로 인간 소년을 보았다. 인간 소년은 괴로워하고 있었다. 온몸을 배배 꼬는 고통에 보는 사람이 더 괴로울 지경이었다. 그런데 그 괴로움은 소년이 인간 소년을 처음 봤을 때 느꼈던 괴로움과는 성질이 다른 듯했다.

"너는 아무것도 몰라. 나는 내가 뭘 해야 행복할지 모르는 상태에서 이것저것 강요만 받다가 내 의견과 상관없이 익숙한 곳을 떠나야 했어. 그리고 아는 사람 하나 없는 곳에서 말도 안 되는 고통을 당했어. 비웃음 사고 먹고 싶은 것도 먹지 못하고. 게다가 여전히 나는 뭘 해야 할지 몰라. 부모님이라고 별수 있어? 자식이 다쳐도 늘 뒷전이었다고. 너처럼 유유자적 친구 많고 시간 많은 부잣집 도련님 취급을 받던 게 아니라."

인간 소년의 얼굴은 터질 듯 벌겠고 검은 눈동자에는 피가 잔뜩 몰려 있었다. 소년은 말없이 인간 소년을 지켜보았다. 자신은 하지 못할 감정 표현을 토해 내는 것에 선뜻 말을 얹기 어려웠다.

"그 상태로 아무것도 못 이루고 돌아왔는데, 나랑 똑같이 생긴 시체가 내 상처를 치료해 주더니 이제 자기가 여기서 지내고 싶대. 내 기분이 어떨 것 같아?"

인간 소년이 소년에게 손가락질했다. 손톱 끝에서 손바닥까지 이어지는 둥근 모양에 피가 빈틈없이 비쳤다. 아름다운 뜨거움이 인간 소년의 몸을 지탱하고 있었다.

"게다가 내가 어릴 때부터 지금까지 좋아한 애를 좋아한대. 네가 나라면 어떨 것 같으냐고!"

인간 소년의 눈에서 눈물이 몇 방울 떨어졌다. 온몸에 흐르는 피는 빨간데, 눈 밖으로 흐르는 눈물방울은 반짝일 정도로 투명했다.

"그러니까 다신 오지 마."

"잠깐만."

소년이 깜짝 놀라 인간 소년 곁으로 다가갔다. 인간 소년은 할 수 있는 최대한으로 몸을 뒤로 빼며 선고를 진행했다.

"꼴도 보기 싫으니까 이제 오지 마. 학교도 내가 갈 거야."

"그건……."

소년이 뭐라 설득하기도 전에 인간 소년이 말을 잘랐다.

"시끄러워."

단호한 한마디에 소년은 의지를 잃었다. 검고 붉은 눈이 소년을 노려보았다. 인간 소년은 매우 지치고 화가 나 있었다. 소년이 천천히 일어났다. 작별 인사는 없었다. 인간 소년의 시선은 소년이 거울 속으로 완전히 사라질 때까지 따라붙었다.

*

소녀는 가족 중 누구보다 일찍 아침을 맞았다. 새벽에 잠을 깨기는 했지만 소녀의 얼굴은 뽀얗고 생기 넘쳤다. 얼굴을 씻고 이도 한 번 더 닦았다. 어제 입은 교복을 세게 털어서 입고, 현관 앞에 주저앉아 운동화를 닦았다. 물티슈에 보풀이 일 정도로 신발을 닦아 내는 딸을 보며 엄마가 물었다.

"어디 가?"

소녀가 얼버무렸다.

"아니, 아무 데도."

엄마는 부산스러운 딸내미를 보다 부엌으로 뛰어 들어갔다. 달걀 밑이 살짝 타는 냄새가 현관까지 나고 있었다. 소녀가 입술을 잘근잘근 깨물며 현관문을 열었다. 소녀에게는 운 좋게도, 앞집에서 누군가가 나오고 있었다.

소녀가 인사를 했다.

"안녕?"

그런 소녀를 소년은 말없이 보고만 있었다. 얼굴 근육이 굳은 듯 아무 표정도 없는 얼굴이었다. 소녀를 똑바로 보고 있는 눈동자는 새까맸다.

소녀가 말했다.

"오늘은 안경 안 썼네?"

"나 원래 안경 안 써."

소년이 다소 퉁명스럽게 말하자 소녀가 "아, 그래."라며 말을 멈췄다. 그래도 소녀는 대화를 이어 나가고 싶은지 입을 뻐끔거렸지만 목소리가 나오지 않았다. 두 사람은 말없이 학교로 향했다.

소녀는 소년이 또 달라진 것 같다고 생각했다. 변한 게 안경뿐이어도 왠지 그래 보였다. 양 손가락으로 이마를 받치던 소녀가 안경을 쓰지 않은 소년을 쳐다보았다. 목이 좀더 굽어 보이기는 해도 평소와 다름없이 책을 보고 있었다. 소녀는 안경을 쓰지 않은 소년을 자세히 관찰했다. 머리카락이 그새 길었고 눈매는 매서웠다. 푸석푸석하고 거칠어 보이지만 혈색이 잘 도는 피부에 입술도 평소답지 않게 불그스름했다. 그뿐이 아니었다. 누가 작게 부르는 소리에 소스라치게 놀라기도 하고 겁에 질린 듯한 표정을 자주 지었다. 어딘가 달라진 모습을 소녀만 느끼는 것은 아닌 모양이었다. 조한은 오늘 왜 그러냐는 말을 세 번이나 했고, 소년에게 크게 관심이 없는 정운까지도 의문을 나타냈다.

"네 남자친구 오늘 왜 저러냐? 공포영화 보고 잤대?"

그래도 시간이 지나자 소년은 많이 안정되어 보였다. 소녀는 고개를 끄덕이면서도 찌푸려진 미간을 잘 펴지 못했다. 안경을 쓰던 혈색 없는 소년은 살이 아주 차가웠다. 닿으면 살이 죽어 버릴 듯 차가워서 깜짝 놀라던 것이 한두 번이 아니었는데, 안경을 벗은 소년에게서는 그런 느낌이 없었다. 소녀는 모둠별 과제 유인물을 소년에게 건넸다. 가끔 그러듯 종이를 받다가 소년의 손가락에 소녀의 손가락이 살짝 닿았다. 그러자 소년은 화들짝 놀라며 유인물을 뺏듯 가져갔다. 소녀는 머쓱하게 코를 긁었다.

점심 시간에 소녀는 밥을 먹고 올라오다 벤치에 홀로 앉아 있는 소년을 보았다. 평소 같았으면 친구들과 농구라도 하고 있을 터였다.

소녀가 소년의 옆에 앉았다. 소년은 그런 소녀를 보고 조금 떨어져 앉았다.

"왜 그러는 거야?"

"뭐가?"

"그냥, 며칠 새 너 계속 이상해서."

그러자 갑자기 소년이 언성을 높였다.

"내가 뭐가 이상해?"

"내 말은, 평소 같지 않다는 뜻이었어. 그동안은 애들하고도 잘 놀고 불안해 보이지도 않고⋯⋯."

소녀의 말이 끝나기 전에 소년이 작게 읊조렸다.

"내가 그랬단 말이지."

"뭐?"

소녀가 되물었지만 소년은 대답이 없었다. 소녀는 별수 없이 하던 말을 계속했다.

"너가 정말로 이상하게 느껴진단 뜻이 아니라, 평소랑 좀 다른 것 같단 거야."

소년은 소녀의 말이 들리지 않는 듯 꼼짝하지 않았다. 잠깐 정적이 머물렀다.

"나도 모르겠어. 너랑 논 지 너무 오래돼서 그런가. 얼굴도 오래 못 보고."

"겨우 1년이었어."

"오래도 있었네."

소녀가 장난을 약간 섞어서 부루퉁하게 말했다.

"나랑 말도 안 하고."

"그건……."

"됐어. 별로 가능성이 없나 보지. 야, 그만할게. 그때 고백한 것도 다 잊어버려."

소녀가 벌떡 일어섰다. 소년이 소녀의 말에 곧바로 고개를 들었지만 소녀는 이미 울 것 같은 표정이었다. 소녀는 소년이 어떻게 할 새 없이 교실로 들어가 버렸다. 소년의 시선은 소녀에게만 쏠려 있었다. 그러나 소년이 할 수 있는 것은 아무것도 없었다. 소녀는 소년 쪽으로 고개조차 돌리지 않은 채 남은 일과를 보냈다. 그날 소녀와 소년의 냉전은 집 현관문이 닫힐 때까지 끝나지 않았다.

*

소녀의 질린 듯한 거절을 받고 나서 인간 소년이 의기소침해진 것은 어쩌면 당연한 일이었다. 문을 맞대고 있어 자주 마주칠 수밖에 없었는데, 의기소침해진 인간 소년은 부끄러움이 많은 것처럼 굴었다. 시선만 돌려 소녀를 보고 다시 재빠르게 자신의 발끝을 보았다. 두 사람은 엘리베이터 안에서 한마디도 나누지 않았고 문이 열리면 소녀가 먼저 내렸다. 고개를 푹 숙이고 있던 인간 소년은 접힌 시선으로 소녀의 발뒤꿈치만 따라갔다. 언제나 뒤꿈치가 깨끗한 흰 운동화를 신는 소녀에 속이 두근거렸다. 그리고 두근거리는 와중에 뭔가가 울컥, 치솟아 올랐다.

'나쁜 놈.'

누구를 향하는지 모를 말이었다. 인간 소년은 쓰라린 속 대신 눈가를 매만졌다.

어린 시절 소녀는 지금보다 도도했다. 고양이 같은 느낌은 아니었지만 좋고 싫고가 분명하고 주관이 확실한 아이였다. 키가 더 작은데도 소녀는 누나 노릇을 했다. 작은 손 안에 들어올 크기의 빵도 반으로 잘라 주며 당당하고 도도하게 보는 눈빛은, 사람을 설레게 하는 힘이 있었다. 그렇게 먹을 것을 나눠 줄 때는 꼭 옆에서 같이 먹었다. 그러고는 자신이 나눠 준 음식을 다 먹었는지 확인하고 집으로 갔다. 꼭 여자친구처럼.

"이젠 아니지."

인간 소년이 중얼거리며 언제나처럼 잔뜩 골난 얼굴로 창밖을 보았다. 의도가 없는 무의식적인 행동이었는데, 소녀가 보였다. 인간 소년은 뚱한 표정으로 창가에 기댔다.

"울었네."

그는 퉁퉁 부은 얼굴로 떡볶이를 사 오는 소녀를 보고 중얼거렸다.

"울 때마다 떡볶이 먹었는데."

소녀는 어기적어기적 걸어오더니 벤치에 앉아 떡볶이를 먹기 시작했다. 인간 소년이 소녀를 보고 픽 웃었다. 그러나 그것도 잠시뿐, 표정이 금세 굳어 버렸다.

"눈 한번 정확하네. 지금이나 나중이나."

인간 소년이 침대 위에 엎어졌다. 불을 켠 탓에 자고 싶지는 않았다.

"고백까지 들어 놓고 나한테 말도 안 하고. 뭔지도 모르는 주제에……. 재수 없는 흡혈귀 새끼."

인간 소년의 눈에 분노가 어렸다.

반면 소년은 오랜만에 식탁 앞에 자리를 잡았다. 소년의 접시에는 피가 흐르는 고깃덩어리가 놓여 있었다. 주변 사람들도 음식을 조금씩 입에 넣기 시작했다. 핏물 고기를 씹는 뱀파이어 중 가장 큰 덩이를 삼키는 사람은 어르신이었다.

"소년아, 시간을 건너다니려면 인간 음식도 먹을 줄 알아야 해. 네 신분을 밝히면서 다닐 수 있는 곳이 그리 많지 않단다. 날고기를 먹으면 네 혀와 이가 피를 집요하게 빨아낼 테니, 세심해지는 연습을 해."

소년은 말이 없었다. 고기를 거의 씹지도 않고 삼키며 허공을 보고 있었다. 그러자 숙모가 식탁을 딱 소리 나게 두드렸다. 소년이 소스라치게 놀라 숙모를 보았다. 소년의 눈동자가 말라 있었고 붉은 기가 사라져 있었다. 눈치 빠른 어르신이 소년을 보고 칼을 내려놓으며 뭐가 그리 고민이니, 하고 거침없이 물었다. 소년은 고기에 칼을 슬근거리며 어렵게 말을 꺼냈다. 길지 않은 이야기를 듣고 나서 어르신이 물었다.

"피를 마시고 싶은 거냐?"

"그렇긴 한데, 그러고 싶지 않기도 해요."

소년이 어르신을 보았다.

"아직 제가 누군지 말하지 못하기도 했고요."

소년의 목소리가 기어 들어갔다.

"그 애가 무서워할 것 같니?"

"잘 모르겠어요."

"결과는 시간이 알려 주겠지. 시간을 건너다니는 우리도 시간을 거스를 수는 없으니까. 시간은 모든 일의 시작과 끝을 우리에게 보여 준단다."

어르신이 고기를 마저 입에 넣었다. 핏방울이 어르신의 턱을 타고 흘러 떨어졌다. 소년의 시선은 핏방울을 따라갔다. 힘을 준 입에서 흐르는 핏방울이 턱 끝까지 타고 떨어지면 흰 식사용 천에 용액처럼 붉고 흐리게 녹아들었다. 소년은 그 장면을 잊을 수 없을 것 같다는 생각이 들었다.

인간 소년은 악몽을 꾸는 탓에 며칠째 새벽마다 눈을 떴다. 온몸이 으스러지는 듯한 꿈이었다. 너무나도 생생했지만 잠에서 깬 그가 기억하는 것은 온몸이 아픈 느낌뿐이었다. 어느 깜깜한 새벽, 몸부림을 치다 어김없이 눈을 뜬 소년은 퉁퉁 부은 눈과 벌어진 입으로 한참을 앉아 있었다. 살짝 젖혀진 커튼 사이로 흐드러지는 달빛이 비집고 들어왔다.

인간 소년이 쉰 목소리로 중얼거렸다.

"다 그놈 때문이야."

왼쪽 머리가 좀 울리는 것 같았다. 인간 소년은 뒤로 쓰러지듯 누워 다시 잠에 빠져들었다. 그리고 살을 찢는 듯한 통증에 다시 눈을 떴을 때는 아침이 훌쩍 지난 시간이었다.

인간 소년이 피곤과 땀에 전 몸을 일으켜 집 밖으로 나갔다. 편의점에 가려고 엘리베이터 버튼을 누르자 멈춤 없이 엘리베이터가 올라와 열렸다. 땅만 보고 있던 인간 소년이 자신을 가로막는 흰 운동화에 고개를 들었다. 까만 눈동자가 까만 눈동자와 마주쳤다. 소녀는 후드티에 운동복 바지를 입은 가벼운 차림이었다. 손에 서점 이름이 인쇄된 종이 쇼핑백과 편의점에서만 파는 우유 하나가 들려 있었다.

인간 소년이 떨떠름하게 물었다.

"왜 나와 있어?"

"들어가는 중인데?"

오히려 황당해하는 소녀였다.

"아, 그래."

인간 소년은 소녀와 눈이 마주치기 무섭게 시선을 땅으로 떨어뜨렸다. 고개를 숙이니 통증이 머리까지 올라왔다. 통증에 신경이 날카로워진 소년이 신경질적으로 엘리베이터에 몸을 실었다.

"어디 가?"

엘리베이터에 올라탄 인간 소년은 대답이 없었다. 소녀는 그런 인간 소년을 뚫어지게 볼 뿐 내리지 않았다. 손끝이 하얘지도록 열림 버튼을 누르고 있던 인간 소년이 나직하게 쏘아붙였다.

"편의점. 빨리 내려."

마뜩잖은 표정으로 인간 소년을 보던 소녀가 느린 걸음으로 엘리베이터에서 내렸다. 소녀가 내리기 무섭게 엘리베이터 문이 닫혔다.

볼일을 끝내고 돌아온 인간 소년은 과자와 진통제가 담긴 봉지를 덜렁거리며 엘리베이터에 올라탔다. 과자는 진열장 전체를 뒤져서 찾아낸 것이었고, 진통제는 악몽 때문에 아픈 머리를 진정시키기 위함이었다. 다녀오는 데 시간이 걸렸기에 인간 소년은 당연히 소녀가 집으로 들어갔을 것이라 생각했다. 그러나 인간 소년의 생각을 무시라도 하듯 소녀는 집 앞 계단에 앉아 있었다. 우유는 내용물이 비어 껍데기만 있었고, 종이 쇼핑백 입구 부분은 잔뜩 구겨져 있었다.

인간 소년이 물었다.

"집에 안 가?"

몸을 둥글게 하고 앉아 있는 소녀는 대답이 없었다.

"아직 춥거든?"

"알아."

"근데 왜 여기 이러고 있어? 들어가서 이불 속에 있지."

"안 졸립거든?"

소녀가 인간 소년을 쏘아보듯 올려다보았다.

"나랑 얘기 좀 해."

"무슨 얘기?"

"앉아."

소녀의 어릴 적과 똑같은 당당하고 도도한 태도에 인간 소년은 움츠러들었다. 냉정한 목소리에 주춤주춤 제일 아래 계단에 엉덩이를 붙였다.

"걘 추위를 안 타."

소녀가 메뉴판이라도 읽듯 담담하게 말했다.

"뭐?"

"항상 안경을 쓰고 주변도 잘 안 두리번거려. 뭘 잘 먹는 편도 아니고. 엄청 잘 달리고 문제도 그냥 훑어보고 풀어. 다 안다는 듯이."

소녀는 손에 든 컵에 시선을 맞추고 있었다. 미간까지 찌그러진 표정은 사뭇 진지했다.

"말도 잘해. 잘 못 알아듣긴 하지만. 화도 잘 안 내고 말투도 공격적이지 않아."

인간 소년은 말없이 그저 듣고 있었다.

"난 네가 예전과 같은 줄 알았어. 돌아왔다길래 정말 그대로 돌아온 줄 알았어."

인간 소년이 시선을 돌려 소녀를 보았다.

"걔가 너랑 같은 사람인지 모르겠어. 둘 다 네가 아니라고 하진 마. 생각하기도 싫으니까."

"잠깐만."

"나도 모르겠어, 이젠. 돌이킬 수 없을 것 같아. 뭘 돌이킬 수 없는지 모르겠지만. 난 이제 내가 네 '밖'이란 생각밖에 안 들어."

소녀가 인간 소년을 노려보았다. 소녀의 볼이 빨갰다.

"갈게."

소녀가 벌떡 일어섰다. 소녀는 인간 소년이 잡을 새도 없이 빠르게 움직였다. 앞집 문이 쾅 소리 나게 닫혔다. 인간 소년은 눈을 감았다. 머리에 감각이 없어진 것 같았다.

*

소년은 오랜만에 서재로 향했다. 습관처럼 가는 곳이었다. 아무런 의심 없이 하던 행동이었는데, 이것도 인간 시절의 영향일까 하고 의심스러워졌다. 서재 안에서는 익숙한 인물이 책장을 넘기고 있었다.

"너, 책도 읽었냐?"

바닥에 엎드려서 책장을 넘기던 이솔이 시큰둥하게 말했다.

"서재 큰 거 갖고 있다고 혼자만 아는 거 많은 거 아니거든요.”

“그러게. 근데 내 서재는 처음이잖아.”

“심심해서 그래. 내 서재에 있는 건 다 읽어서.”

“준안이는?”

“말도 마. 나 걔랑 싸웠어. 걔 오빠 과거 버전을 너무 좋아해, 쓸데없이.”

이솔이 책장을 후루룩 넘기더니 표지를 덮고 책을 고르는 소년을 향해 빈정거리듯 말했다.

“인간 오빠가 와야 화해할지도.”

노래하듯 말하는 이솔에 소년이 코웃음을 쳤다.

“걔 이제 안 와.”

“뭐? 왜?”

“오지 말래.”

“거절당한 거야? 세상에.”

이솔이 황당하다는 듯 헛웃음을 치며 말했다.

“성깔 있네. 그래서 준안이가 좋아하나?”

문득 무언가 떠오른 듯한 소년이 책을 고르던 손을 멈추었다.

“뱀파이어는 원래 그런 거겠지? 피를 보고 싶은?”

“당연하지. 본능이 별거야?”

이솔의 대답에 소년이 입을 다물었다. 표지를 덮은 책을 손가락으로 퉁퉁거리던 이솔이 사악하게 웃으며 말했다.

"어르신은 뱀파이어 숫자 느는 거 좋아하시지 않지만 어떡하겠어. 안 그래, 오빠? 그래도 적절하게 안정기를 가지면 뭐라 할 수도 없잖아."

소년은 대답하지 않았다. 이솔은 오빠의 묵묵부답에 순식간에 흥미를 잃은 모양이었다. 바닥에서 몸을 일으킨 이솔이 서재를 나가며 중얼거렸다.

"뭐, 그래도 시간은 같이 건널 수 있으니까……."

"아."

소년이 마침내 미소 지었다. 이솔의 말에 모든 것이 있었다.

소년, 소녀

　조각이 난 거울 앞에서 소년은 손가락만 자꾸 씹었다. 핏기 없는 손가락이 단단한 이에 눌려 눌리는 대로 자국이 났다. 소년은 왠지 조금 어려 보이는 얼굴을 하고 있었다. 살짝 긴장 어린 표정도 방향을 모르고 굴러가는 눈동자도 동동거리는 발도, 보기보다 오랜 시간을 산 존재답지 않은 모습이었다. 영롱한 황금빛 눈으로 자신을 노려보던 소년이 눈동자를 덜덜 떨며 거울 안으로 비집고 들어갔다.

　소년이 파리한 맨발을 디딘 곳은 어느 작은 방이었다. 한쪽 벽 반을 메운 창에 어둠과 형광등 빛이 들이쳤고 바닥은 살짝 따끈했다. 오래 쓴 이불이 덮인 침대가 거울 옆에 놓여 있었다. 책이 아무렇게나 펴진 책상은 침대 건너편에 있었고 문 앞에 소녀가 서 있었다. 소녀는 입을 떡 벌린 채 거울에서 나오는 소년을 보고 있었다.

소년은 자신도 모르게 얼굴에 미소가 번졌다. 소녀는 집에 막 도착했는지 교복에 가방을 메고 있었다. 피곤함이 가득한 얼굴에는 형용하지 못할 표정이 얹혀 있었다. 소녀는 아직 잡고 있는 문고리를 더듬었다. 소녀가 서슴없이 누른 잠금쇠에서 딱 소리가 났다.

"안녕."

"잠깐."

소녀가 딱 잘라 말했다. 아이처럼 뛰어가려던 소년이 그 자리에 굳었다.

"왜 거기서 나와?"

작은 방 안에 소녀의 목소리가 똑똑히 맴돌았다.

"아."

소년의 황금빛 눈에 붉은 것이 물에 탄 물감처럼 퍼져 사라졌다. 보드라운 날개라도 나올 듯 부풀어 올랐던 등이 순식간에 가라앉았다. 소녀를 보자 깨끗하게 사라졌던 걱정이 순식간에 되돌아와 소년의 정수리로 쏟아졌다.

"너, 방금 너희 집으로 들어갔잖아."

소녀가 퍼즐 조각 흐트러지듯 흔들리는 소년의 황금빛 눈을 보았다. 소녀는 여태껏 소년이 본 것 중 가장 놀란 표정을 하고 있었다. 거울에서 몸도 채 빼지 못한 소년이었다. 소녀의 단호한 말투에 머릿속이 새하얘진 소년이 그저 돌처럼 멈춰 있었다. 시간이 멈춘 것 같았지만, 시곗바늘 소리가 방 안이 멀쩡한 상태임을 알려 주었다. 누구 하나 먼저 과감한 행동을 하지 못했다. 굳어 버린 순간을 먼저 깨뜨린 것은 소녀였다. 까만 눈동자에 소년을 담던 소녀가 말했다.

"설마 그동안……너였어?"

소녀의 말에 딱딱하게 굳었던 소년의 몸이 마법처럼 부드러워졌다. 소년이 고개를 세차게 끄덕였다.

"응."

"일단 앉아."

소녀의 말에 소년이 제자리에 주저앉았다.

"왜 거기 앉아? 침대에 앉아."

소녀의 타박에 침대에 엉덩이 끝만 걸쳐 앉은 채 소년이 말했다.

"미안해. 놀라게 하려던 건 아니었는데."

소녀가 물었다.

"넌, 뭐야?"

소년이 대답했다.

"너랑 알고 지내던 그 앞집 애랑 같은 사람 맞아. 맞는데, 나는 그 애랑은 조금 달라. 일단 눈이 노랗고, 거울 속에서 튀어나올 수 있고, 인간이 아냐."

소년은 쏟아 내듯 말하고 입을 다물었다. 소년과 소녀 사이에는 아무것도 없었다. 움직임도 없었고, 숨 쉬는 소리도 없었다.

"그럼 그동안 학교에는 네가 왔던 거야?"

"응."

짧은 대화가 힘없이 끝나고 다시 조용해졌다.

"인간이 아니라고?"

"응, 난 뱀파이어야. 몸에 피도 눈물도 없어. 그래서 너랑 닿을 때마다 엄청 차가웠을 거야. 내 몸은 따뜻할 수가 없거든. 미안해. 그리고 난 과거와 미래를 오갈 수 있어."

"그랬구나."

소녀가 느릿느릿 고개를 끄덕였다. 소녀는 소년을 보고 있지 않았다.

"많이 놀랐어?"

"뭐가?"

"거울에서 나오는 뱀파이어."

"놀랐어."

"안 놀란 것 같은데?"

"그래? 네가 하도 매일매일 바뀌어서 그런가."

소녀가 웃을 듯 울 듯 모호한 표정으로 계속 끄덕거렸다. 둘은 꽤 오랫동안 말이 없었다. 소년은 앉은 채로 꼼짝도 하지 못했고 소녀는 문고리를 잡은 채 하염없이 서 있었다. 소녀의 눈치를 보던 소년이 제안을 건넸다.

"내가 사는 곳, 가 볼래?"

"뭐?"

"우리 집. 나랑 머리도 눈도 똑같이 생긴 애들이 있는 곳."

소녀가 눈을 깜박였다.

"뱀파이어 동네?"

"응. 별로면 다른 곳도 갈 수 있어."

그렇게 말하는 소년의 황금빛 눈이 빛나고 있었다.

"어디로 갈 수 있는데?"

"네가 원하는 곳 어디든."

창백하기 짝이 없는 얼굴에 자부심이 가득했다. 얼굴이 터질 것 같은 뱀파이어를 보던 소녀가 담담히 입을 열었다.

"좋아. 가 보자."

소녀의 말이 끝나기 무섭게 소년이 흐드러지게 웃었다. 소년은 자신이 깔고 앉았던 이불을 그대로 잡아당겨 소녀를 감쌌다. 소년은 지금껏 소녀가 본 것 중 가장 빠르게 움직여 그대로 거울 속에 뛰어들었다. 은막에 맞닿기 전, 소녀가 소년의 얼굴을 보았다. 창백한 얼굴에 활짝 웃는 입이, 무언가 우러나는 반짝이는 황금빛 눈이 그 어느 때보다 가까이 있었다. 아름다웠다.

소녀는 온몸이 부서지는 것 같았다. 아프진 않았지만 누가 속을 주물럭거리는 것 같아 울렁거렸다. 앞이 보이는 건지 아닌지 모를 만큼 시야가 흐릿했지만, 온몸을 부술 듯 소녀를 꽉 껴안은 소년의 팔은 똑똑히 느껴졌다. 어지러움에 소녀는 눈을 자꾸만 깜박였다. 소녀와 소년은 어딘가로 빨려 드나 싶더니 갑자기 떨어졌다.

소녀가 세차게 고개를 흔들었다. 발바닥에 딱딱하고 푹신한 것이 느껴졌다. 뒤집힐 듯 울렁이던 속도 가라앉았다. 몸을 펴려던 소녀가 다시 웅크리고는 비명을 지르듯 소리쳤다.

"추워!"

소년이 재빠르게 소녀의 머리를 손끝으로 문질렀다. 온기가 퍼져 나갔는지, 사시나무처럼 떨던 소녀가 축 늘어졌다. 소녀는 온몸을 모았다. 소년의 품 안이었지만 따뜻할

리 만무했기에 소녀는 자꾸만 이불을 끌어당겼다.

"괜찮아?"

"아, 응······."

소녀가 말끝을 흐렸다. 소년과 소녀가 빠져나온 곳은 오래된 목재 바닥이었다. 그들은 가늘고 긴 전신 거울 안에서 쏟아져 나왔다.

"뭐야, 이게?"

소년에게 익숙한 목소리가 들렸다. 딱딱한 말투에 소년이 고개를 들었다. 소년의 친구들이었다. 그러나 소년의 소개보다 먼저 소녀가 그들을 발견했다. 소녀는 그대로 굳어 처음 보는 남자애가 소년과 똑같은 눈을 가지고 있는 것을 바라보았다.

"인간을 데리고 온 거야?"

석빈의 눈이 가늘어졌다. 황당함을 금치 못하는 석빈과 달리 조한은 싱글거리며 웃고 있었다.

"안녕?"

"안녕."

석빈의 황금빛 눈과 소녀의 검은 눈이 마주쳤다. 심상치 않은 표정에 소년이 겨우 입을 열었다.

"어, 그러니까······."

소년의 말을 기다리던 소녀가 대신 말을 이었다.

"난 얘 옆집 살아."

석빈이 말했다.

"얘 옆집은 아무것도 없는데."

소녀가 꿀꺽, 마른침을 삼키고 말했다.

"앞집인가 봐, 그럼."

조한은 아까보다 더 크게 입을 벌려 웃었다. 이번에는 소녀가 선수 쳐 질문했다.

"너도 얘처럼 뱀파이어지? 시간을 건너다니는."

소녀가 불안하게 눈을 굴렸다. 인간의 출현은 시간을 건너는 뱀파이어에게 큰 흥밋거리가 되었다. 소년의 친구들은 약속이나 한 듯 소년의 집에 모여들었다. 똑같은 눈동자를 가졌지만 닮은 구석이 전혀 없는 그들은 하나하나 뚜렷이 구분되었다.

석빈이 말했다.

"굉장한 피 냄새다. 그 남자애랑 완전 다른데."

조한이 관심 없는 척 의자 등받이에 몸을 깊게 기대며 말했다.

"개랑은 당연히 다르지. 피 없는 본인이 같이 있는데 피 냄새가 날 리가."

"나도 내 과거로 가면 저런 애 있을까? 피 냄새가 뇌리에 꽂히는 애."

"과거 가는 것 자체가 위험해. 저런 피 냄새는 안 맡는 게 나아."

소녀에게 관심을 보이는 건 동네 친구들뿐이 아니었다. 괄괄한 이솔도 침착하고 날카로운 숙모도 소녀의 냄새를 못 견뎌 했다. 낮은 온도를 견디기 힘들어하는 소녀에게 입을 것을 가져다주는 뱀파이어도 소녀에게서 눈을 떼지 못했다. 마주치는 모든 뱀파이어의 태도가 이렇다 보니, 악수를 먼저 청하던 소녀의 패기는 빠르게 사라졌다. 졸지에 그곳의 최대 관심사가 된 소녀는 멋쩍게 웃으며 이솔이 건네주는 목도리를 받아 들려 했다. 손까지 꽁꽁 싸맨지라 목도리를 둘러 주는 건 결국 이솔이었다.

소녀는 살다 보니 별일이 다 있다고 생각했다. 이솔의 반짝반짝 빛나는 황금빛 눈은 소년의 것과는 또 다른 느낌을 주었다. 적응이 되면서도 되지 않는 환경에 소녀는 얼어붙은 것처럼 가만히 있었다.

"언니, 너무 어렵게 생각하지 말아요."

이솔이 킥킥거렸다. 그때, 달빛을 받으려 열어 둔 창문으로 소년이 들어왔다. 손에 빨간 뚜껑을 씌운 병을 들고 있었다.

"어머, 문 멀쩡한데."

이솔이 말하자 소년이 익숙하다는 듯 눈을 낮게 깔고 말했다.

"쓸데 없는 말 하지 마."

사이가 좋아 보이는 남매의 모습에 소녀가 눈을 깜박였다. 소녀도, 인간 소년도 외동이었다.

"그래서 우리가 친해질 수 있었지……."

"뭐라고?"

아주 작은 혼잣말이었는데도 소년은 귀신같이 알아들었다.

"아니야, 아무것도."

소녀가 입을 꾹 닫으며 웃어 보였다. 소녀의 시선이 소년의 손으로 옮겨 갔다. 손아귀에 들어오는 적당한 크기의 병이었는데, 옅은 달빛만 있는 이곳에서 홀로 빛나고 있었다.

"그건 뭐야?"

소녀의 관심이 마음에 들었는지 소년이 만족스럽게 미소 지었다.

"별빛."

"별빛?"

소녀가 몸을 앞으로 내밀어 병을 보았다. 소년은 창문을 닫았다. 달빛마저 차단된 방은 암흑처럼 어두웠다.

"우린 빛이 필요하지 않아. 하지만 너한테는 필요하니까."

소년이 병을 두어 번 흔들다가 봉을 뜯고는 흩뿌렸다. 그러자 별빛이 뱀파이어의 강한 팔 힘에 튕겨 나가 방 안 이곳저곳에 붙었다. 깜깜했던 방은 순식간에 인간과 뱀파이어의 작은 우주가 되었다.

"우와!"

소녀의 검은 눈동자 안에 오색찬란한 별빛이 가득 차고 얼굴에는 웃음이 차올랐다. 그걸 본 소년의 마음에도 비슷한 것이 들어찼다.

*

소녀와 소년은 꽤 친해졌다. 소년은 소녀를 이곳저곳 데리고 다녔다. 시간을 건너는 뱀파이어만이 해 줄 수 있는 선물이었다. 삼백 년 전 바다에도 데려갔고 다른 행성으로 날아가기도 했다. 그들은 발 디딘 곳의 환경에 곧잘 스며들었다. 상황은 때마다 달랐지만, 그들은 그 어느 곳에 가서도 두드러지는 뭔가를 하지 않았다.

어느 날 쌀쌀한 바람이 부는 절벽 끝에 앉아 소년이 물었다.

"이러고 있는 게 좋아?"

"응."

소녀는 산이 굽이치는 곳곳에 형성된 마을을 천천히 둘러보고 있었다. 거세게 오른 파도가 그대로 굳어진 것 같은 산맥이 장엄하게 펼쳐져 있었다. 산맥의 옆구리에 반지처럼 자그맣게 자리한 마을은 귀여워 보이기까지 했다. 절경을 눈에 담던 소녀가 물었다.

"여기는 나중에 어떻게 변해?"

소녀를 한참 보던 소년이 말했다.

"여긴 전부 불타. 그리고 이 산 전부를 밀어 버릴 때까지 아무도 살지 않아."

"전부?"

"응."

소년의 충격적인 발언에 소녀가 고개를 돌렸다. 꿈에서나 나올 법한 절경과 소년의 이목구비가 거짓말처럼 어우러져 보였다.

"그럼, 사람들에게 말해 줘야 하지 않아? 그래야 대비를 한다든가……."

"그럴 수 없어. 나는 시간 흐름에 무임승차한 거나 다름 없거든. 시간은 막아도 막아도 결국 흘러. 그 흐름에 어떤 게 나올 진 나도 모르고. 시간을 오갈 수 있는 건 타고난 것 이지만, 시간이 나에게 허락한 건 아주 일부일 뿐이야. 그리고……."

소년이 덧붙여 말했다.

"누군가가 도와줄 거야."

흘리듯 말한 소년이 벌떡 일어섰다. 소녀의 시선이 그의 고개를 따라 올라갔다.

"다른 데 갈래?"

"딱히 가고 싶은 데는 없는데."

소년이 소녀와 시선을 맞추려 쭈그려 앉았다. 그러고는 좋은 생각이 떠올랐다는 듯 조심스럽게 말했다.

"반짝반짝한 거 보러 가자. 네가 좋아할 것 같아."

소년은 전처럼 볼품없이 바닥으로 떨어졌다. 그런 주제 에 소녀를 제법 멋지게 끌어당겼다. 거울보다도 반들반들 하고 반짝이는 돌이 소녀를 토해 냈다. 소녀가 밀리듯 튀어 나오며 주저앉았다.

"여기 너무 좁아. 온몸이 아프다."

소녀가 몸을 두들기며 말했다. 소년은 잠자코 기다렸다. 얼굴을 있는 대로 찡그리던 소녀가 눈앞에 펼쳐진 광경을 볼 때까지.

"우와!"

소녀가 얼굴을 활짝 피며 소년의 손을 잡아끌었다. 소녀는 손가락이 얼어붙는 것 같은 느낌에도 개의치 않고 촉촉한 풀밭을 내달렸다. 현실에 존재하는 공간 같지 않았다. 소녀가 발을 디딜 때마다 뿌연 빛이 땅속에서 퐁퐁 솟아났다. 작게 흩날리는 빛이 어두운 공간을 은은하게 밝혀 주었다. 소녀가 한껏 과장된 목소리로 소리쳤다.

"여기 뭐야?"

소년이 소개한 공간을 모두 마음에 들어 한 소녀였지만, 기쁨을 이렇게 직접적으로 드러낸 것은 처음이었다. 소년이 따라 미소 지었다.

"빛이 움직여! 움직이는 게 보여!"

숲은 크지 않았지만 나무 하나하나가 상당히 굵직하다는 것을 생각하면 작은 것도 아니었다. 소년은 귀를 기울여 풀이 밟히는 소리, 소녀의 숨소리, 물이 흐르는 소리를 들었다.

숲을 끼고 흐르던 물길이 조금 외곽 쪽으로 방향을 바꿨는지 물소리가 가까워지다 멀어졌다. 그때 소년의 얼굴에 바로 얼굴을 들이댄 소녀가 활짝 웃었다. 눈부시게 웃는 얼굴에 소년은 진심과 다른 말을 뱉었다.

"못생겼다."

"야."

소년이 웃었다. 짧은 문장에 소년은 어깨를 얻어맞았지만 별로 아프지 않은지 으쓱거리지도 않았다. 소년이 여전히 눈앞에 있는 소녀를 보며 나직이 말했다.

"달이 뜨려나 봐."

소년의 시선이 하늘을 향했다. 소녀의 시선도 그를 따라 위를 보았다. 뚜껑을 덮듯 빽빽하던 나무가 조금씩 접히고 있었다. 접히기 무섭게 아무것도 없던 공간에 풀과 나무가 자랐다. 빛이 흐르는 줄기가 솟아올라 주변을 부옇게 밝혔다. 아무 소리도 나지 않았지만 빛이 촘촘한 가림막 사이로 떨어져 내렸다. 달이 떠오르고 있었다.

소녀가 뒷걸음질을 쳤다. 소녀의 눈과 몸은 흘러 내려오는 달빛을 따라가고 있었다. 그러다 앞에 있던 바위를 보지 못하고 부딪혀 쓰러졌다. 놀란 소년이 황금빛 눈을 일렁이며 소녀에게로 뛰어갔다. 소녀는 낑낑거리며 상체를 들어

올렸다.

"신발 끈이 풀렸네. 밟았나 봐."

"괜찮아? 여기 앉아 봐."

소년이 소녀를 바위에 기대앉게 하고는 한쪽 무릎을 꿇고 앉았다. 소년은 가느다란 손가락으로 운동화 끈을 묶었다. 소녀는 소년의 까맣기만 한 정수리를 물끄러미 보고 있었다. 파리한 코끝과 귀, 살짝 둥근 볼과 마른 손가락도 보였다. 소녀가 소년의 정수리에 대고 말을 꺼냈다.

"내가 왜 너 좋아했는지 알아?"

"왜?"

"나보다 키 큰 애는 너밖에 없었어."

소년이 끈을 묶다 말고 소녀를 올려다보았다.

"왜, 뭐 거창한 거 기대했어?"

소녀가 묻자, 소년이 고개를 내렸다.

"아니."

"꼭 그렇게 거창해야 하는 건 아니잖아. 이렇게 시간이 많이 흘렀는데도 우린 겨우 고딩인데."

소년이 끈 묶는 것을 끝내자 소녀가 바위 위로 폴짝 올라갔다. 소녀는 아주 뿌듯한 표정으로 팔까지 활짝 폈다. 소년은 그런 소녀의 모습에 어이가 없는 듯 웃었다.

소녀가 말했다.

"난 너 예전부터 좋았어."

소년은 소녀를 올려다보았지만, 소녀는 조금씩 모습을 드러내는 달을 보고 있었다.

"언제부터 좋았는데?"

소년의 부드러운 목소리에도 소녀는 달에서 눈을 떼지 않았다.

"그거야 모르지. 그냥 옛날부터 좋았어."

소녀가 바위 위에서 발을 꼬무락거렸다. 좁은 바위 위에서 균형을 잡기 힘들었던지 몸이 이리저리 흔들렸다. 소년이 손을 뻗어 소녀의 손을 잡았다.

소녀가 물었다.

"사람이 뱀파이어가 되면 좀 달라져? 혹시 막 얼굴 창백해지고 예뻐지고 그러나? 『트와일라잇』처럼?"

소녀의 눈망울이 둥그레졌지만 소년은 그저 미간에 주름을 잡을 뿐이었다.

"그게 뭐야?"

순진한 질문에 소녀가 중심을 잃고 비틀거렸다. 소녀는 소년의 반대쪽 손을 마저 잡았다. 소녀가 소년을 내려다보았다. 그의 불그스름한 황금빛 눈이 너무나 진지하여, 소녀는 말을 아꼈다.

"그냥 그런 게 있어."

소녀가 소년의 어깨를 잡았다. 그러자 소년은 소녀의 허리를 잡아 바위에서 내려 주었다. 바위에서 내려오자마자 소녀가 짓궂게 미소를 짓더니 소년의 손을 잡고 마구 뛰었다. 숲은 이제 완연히 달빛을 받고 있었다. 달이 시리게 빛났고 별빛이 점을 찍었다. 공간이 조금씩 넓어졌다. 소녀와 소년은 촉촉한 풀 길을 달음질쳐 숲 밖으로 빠져나갔다.

"여기야."

소년이 앞서 달리며 방향을 틀었다. 숲과 멀지 않은 물 길이었다. 소녀와 소년은 물과 아주 가까운 흙밭에 엉덩이를 내던지며 드러누웠다.

"물이다."

소녀가 깔깔거리며 웃었다. 소년도 따라 웃었다. 소년과 소녀는 한참을 말없이 누워 있었다. 한 사람의 숨소리만 조용한 어둠 속에 가득했다.

소녀가 소년을 불렀다.

"있잖아."

소년이 몸을 일으켜 소녀를 보았다. 소녀의 검은 눈에는 달이 반짝이고 있었다.

"나, 뱀파이어 만들어 주라."

"뭐?"

소년이 소녀를 쳐다보았지만, 소녀는 소년을 보지 않았다. 이제 잦아들기 시작하는 거친 숨을 내쉬며 가짜 같은 달을 시야에 담아 놓을 뿐이었다.

*

집에서 소년이 보내는 일과는 평범하고 평화로웠다. 연한 분홍색 바지에 재킷을 걸치고 숙모와 차를 홀짝였다. 진하지도 연하지도 않은 적절한 색감에 잘 다려진 옷과 우중충한 하늘과 퀭한 얼굴이 전혀 섞이지 않고 한곳에 있었다.

"잠을 못 잔 모양이구나."

"네, 잤어야 하는데 말이죠."

소년이 피식 웃으며 의자에 몸을 기댔다. 잔뜩 녹초가 된 얼굴이었다. 숙모가 찻잔을 내려놓았다. 붉고 투명한 물이 찰랑거렸다.

"요즘은 과거로 안 가는 것 같던데."

"아, 네. 그렇게 됐어요."

소년이 마른세수하며 자세를 고쳐 앉았다.

"어르신은 언제쯤 오실까요?"

"그분은 기약을 하고 다니는 뱀파이어가 아니시잖니."

소년이 입 안을 혀로 문질렀다. 숙모가 소년을 보았지만, 소년은 숙모의 눈을 보지 않았다. 한참 사색에 잠겼던 소년이 숙모를 불렀다.

"숙모."

"응?"

"숙모는 뱀파이어가 되고 싶으셨어요?"

"뭐, 죽고 싶진 않았으니까. 실은 죽은 것과 다름없긴 하지만 더는 아프지 않으니 결과적으론 만족한단다."

숙모는 은빛 시선을 치마폭으로 떨어뜨렸다. 숙모의 표정을 본 소년이 나지막이 말했다.

"어떤 아이가 제게 자기를 뱀파이어로 만들어 달라고 했는데 거절했어요. 그래야 할 것 같아서요. 왜 뱀파이어가 되고 싶은지 알 것 같다가도 그게 그 애에게 좋을지는 확신이 안 섰거든요. 물론 그 애는 모든 걸 기억할 수 있겠지만요."

대화가 맥없이 끊기자 소년이 턱을 당겨 숙모를 올려다보았다. 황금빛 눈이 불안하게 움직이다가 은빛 눈과 마주쳤다.

"죄송해요."

"아니다."

항상 고압적이고 냉정한 숙모의 목소리와 말투는 어떤 감정을 싣고 나오는 것인지 알 수 없었다. 이번에도 예외는 아니었다. 같은 존재로 만들고 싶지 않다는 말은, 뱀파이어에게 물려 뱀파이어가 된 인물에게 할 말이 아니었다. 그건 소년도 숙모도 마찬가지였다. 소년은 눈을 홉뜬 채 공중을 노려보았다. 핏기 없는 입술은 꼭 붙어 있었고 안색은 파리했다.

"남자아이는 이제 안 오는 거니?"

"네."

"그래서 과거로 가지 않는구나."

숙모는 소년의 의중이 궁금한지 질문을 멈추지 않았다.

"그래서 그 애를 물지 않겠다고 한 거니?"

"그런 건 아니에요."

소년의 목소리가 숙모의 목소리를 눌러 앉혔다. 소년은 눈을 질끈 감았다.

소녀는 얼핏 열심히 단어를 외우는 것 같았다. 그러나 펜 끝은 크고 작은 동그라미만 계속 그리고 있었다. 아침 자습 시간에 딴짓을 한 적이 별로 없는 소녀지만 시리지 않을 정도로만 깜박이는 눈에는 초점이 사라진 지 오래였다.

다음 수업 교과서를 꺼내던 소녀가 인간 소년을 돌아보았다. 생기 없는 눈은 여전했다. 그래도 친구들과는 제법 친해진 모양인지 피식거리는 미소는 짓고 있었다.

소녀가 중얼거렸다.

"너무…… 충동적이었나?"

소녀는 입술을 쭉 내밀었다. 그러다 킬킬거리던 인간 소년과 눈이 마주쳤다. 소년은 검고 새초롬한 눈을 끔벅이더니 고개를 돌려 버렸다.

"저게……."

소녀가 얼굴을 찌푸렸다. 인간 소년의 걷잡을 수 없이 예민한 태도는 소녀를 답답하게 했다. 소녀는 언제나 똑같이 행동할 테지만, 인간 소년도 그럴지는 모를 일이었다.

오후가 될 때까지도 소녀는 생각에 잠겨 있었다. 소년의 정체를 알게 된 후 소녀는 두 소년 사이에서 혼란스러웠다. 쉬는 시간이면 혼자 책상에 손을 올려 머리를 괴고 있었다. 그러다 문득 누군가의 손이 소녀를 건드려 혼자만의 생각에 흠뻑 빠져 있던 소녀가 현실로 돌아왔다. 머리를 받치고 있던 손이 엇나가 균형을 잃은 소녀가 비틀거렸다. 소녀를 황급히 받은 인간 소년의 손 덕에 머리를 부딪히지는 않았다.

인간 소년이 딱딱하게 말했다.

"정신 차려. 다음 교시 체육이야."

따뜻함이라고는 한 톨도 찾을 수 없었다. 소녀는 인간 소년의 까만 눈을 맥없이 쳐다보다 그를 따라 교실을 빠져나왔다.

오랜만에 얻은 자유 체육 시간에 아이들은 삼삼오오 모여 뛰어놀았다. 소녀는 스탠드에 몸을 구부리고 앉아 있었다. 몸이 아픈 건 아니었지만 소녀는 어디에도 끼고 싶지 않았다. 소녀는 입을 쭉 내밀고 있다가 자신 앞에 앉은 소년의 뒤통수를 보았다.

소녀가 중얼거렸다.

"그대로네."

"뭐?"

인간 소년이 돌아보았다. 얼굴이 햇빛에 발갛게 달궈져 있었다.

"운동 안 좋아하는 거."

"새삼스럽게 무슨."

인간 소년이 대수롭잖게 말하며 앞을 보다 다시 몸을 틀었다. 인간 소년의 눈이 소녀를 노려보고 있었다.

"걔는 운동 좋아해?"

"성질부리지 말고."

"좋아하냐고."

"좋아하더라."

"운동을 잘해?"

"몰라. 본 적 없어."

소녀가 한숨을 쉬었다. 인간 소년과의 대화는 손뼉을 치는 것 같았다. 손바닥을 부딪치면 소리가 나고, 아픔이 뒤따라왔다. 인간 소년의 까만 눈을 노려보던 소녀는 얼굴을 굳히며 스탠드에서 일어섰다. 소녀가 수돗가로 향하자 소년은 소녀를 따라와 손을 씻는 소녀 옆에 섰다.

"난 이제 그놈 안 볼 거야. 이렇게 살다 죽을 거야."

격한 단어에 비해 어투는 차분했다. 소녀가 수도꼭지를 소리 나게 잠갔다. 물이 뚝뚝 떨어지는 손을 노려보다 차분히 입을 열었다.

"그래."

"화나지 않아? 이제 그놈 못 와."

소녀가 인간 소년을 쳐다보았다. 초점 없는 까만 눈동자 주변이 조금 충혈되어 있었다. 인간 소년을 지켜보던 소녀가 입을 삐죽였다. 그러다 약간 막힌 듯한 목소리로 말을 꺼냈다.

"나, 물어 달라고 했어."

"뭔 소리야?"

"뱀파이어로 만들어 달라 했다고."

"뭐라고?"

소년이 맥이 쭉 빠진 목소리로 되받아쳤다.

"네 의지로 산송장이 되고 싶다고? 그놈한테? 잠깐, 그
보다 내가 오지 말라고 했는데 그놈은 여길 온 거야?"

마구잡이로 따져 묻는 소년의 눈에 눈물이 차올랐다. 그
것을 보는 소녀의 눈에도 물기가 어렸다.

"너도 결국 그놈 편인 거네."

"아니야."

"신경질적이고 허약하고 결국에 늙어 죽는 나보다 늙지
도 않고 재밌고 방긋방긋 잘 웃는 걔가 더 좋기야 하겠지."

"그런 거 아니야."

인간 소년은 소녀의 모든 말을 무시하고 미친 사람처럼
허공에 대고 크게 웃었다. 인간 소년의 뺨과 관자놀이를 타
고 눈물이 떨어져 내렸다. 갑작스러운 감정 표출에 더럭 겁
을 먹은 소녀가 인간 소년의 팔을 잡았다. 하지만 이미 겁에
질린 소녀는 눈에 보이는 것 없는 인간 소년의 몸부림을 저

지하기에 역부족이었다. 인간 소년은 소녀를 거칠게 떼다 밀었다. 그리고 눈물을 줄줄 흘리며 알아듣지 못할 괴성을 지르다가 수돗가 난간에 머리를 박고 쓰러졌다. 땅에 내동 댕이쳐진 소녀가 비명을 지르며 인간 소년을 끌어안았다.

소녀는 병원 침대 옆에 앉아 인간 소년을 보고 있었다. 꺼진 눈동자에 힘없이 입을 다물고 가만히 앉아 있었다. 소녀는 머리에 붕대를 칭칭 감은 채 기절하듯 잠든 인간 소년을 내려다보았다. 이마를 부딪힌 인간 소년은 곧장 병원으로 실려 와 수술을 받았다. 몇 바늘 꿰맨 정도이기는 했으나 충격이 큰 상태라, 인간 소년의 부모님은 아들을 기꺼이 입원시켰다.

너무나 편안하게 잠든 인간 소년을 보던 소녀가 눈물을 흘렸다. 뺨에 붙은 반창고 사이로 들어가는 눈물 때문에 적잖이 따가울 텐데도 소녀는 애써 눈물을 닦지 않았다. 소녀는 몇 시간을 망부석처럼 앉아 있다 어두워져서야 병실을 나왔다.

"괜찮을 거다."

"죄송해요."

"네 잘못이 아냐. 우리가 잘못한 거야."

인간 소년의 어머니가 소녀의 어깨를 두드렸다.

"너도 많이 놀랐을 텐데 어서 가서 쉬어. 데려다줄까?"

"아니에요. 아빠가 데리러 오신다고 했어요."

병원에서 집으로 오는 길에는 흙바닥이 없었다. 포장된 길을 차로 달려오는데도 소녀는 세상이 자꾸 오르락내리락한다고 생각했다. 별 한 점 없는 하늘을 보는 소녀의 눈이 자꾸 감겼다. 소녀는 집에 도착하자마자 잠들었다. 거의 쓰러지다시피 잠든 소녀는 팔꿈치를 인두로 지지는 것 같은 느낌에 무거운 눈꺼풀을 들어 올렸다.

소녀가 잠에 잔뜩 취한 목소리를 내뱉었다.

"뭐야?"

암막 속에 새초롬한 노란색 눈이 나타났다. 살을 지지는 느낌이 사라졌다. 노란 눈은 붉은 기운이 아른거리는 채 소녀를 보고 있었다. 원인을 찾으려 고개를 들던 소녀가 맥없이 베개를 다시 베었다.

"어쩌다 다친 거야?"

"넘어졌어."

소녀가 앓는 소리를 내며 대답하자 소년이 밝은 눈을 걱정스럽게 굴리며 소녀의 얼굴 쪽을 바라봤다. 소리는 잠잠했지만 두 눈은 재빠르게 움직였다.

"많이 안 다쳤어."

"쓸린 상처 같은데. 치료해 줄게."

소년이 소녀의 뺨에 손끝을 가져다 댔다. 뺨에 붙은 반창고 너머로 냉기가 적지 않게 느껴졌다. 소녀는 눈을 게슴츠레 뜬 채 아무런 말도 움직임도 없었다. 소년의 손끝이 상처를 하나하나 어루만지고 지나갔다. 따뜻한 느낌도 아니었고 기분 좋은 간질거림도 아니었지만 어느새 눈물이 차오른 소녀는 베게에 코를 박았다.

"안 돼. 그럼 숨 못 쉰단 말야."

소년이 소녀의 자세를 고쳐 주며 말했다. 소녀가 상체를 일으켜 침대에 등을 기대고 앉았다. 소녀는 보이지 않는 중에 손끝만 매만졌다. 우울함을 가득 안은 얼굴로 소녀가 말했다.

"밖에 나가자."

소녀와 소년은 집을 나오고 엘리베이터가 내려가는 와중에도 말이 없었다. 소년은 소녀를 시종일관 불안한 눈으로 쳐다보았지만, 소녀는 상관치 않았다. 둘은 달맞이 벤치에 엉덩이를 깊게 들여 넣어 앉았다. 밤바람이 더는 차지 않았다. 오히려 살짝 더운 바람에 머리카락을 맡긴 소녀가 하늘을 보고 중얼거렸다.

"별이 없네. 별을 보고 싶었는데."

"별?"

소녀에게 모든 감각을 세우고 있던 소년이 벌떡 일어섰다. 아름다운 황금빛 눈이 어두운 밤에 더욱 영롱하게 빛났다.

"기다려 봐."

소년이 긴 다리를 경중대며 모퉁이에 있는 동그란 거울에 다가갔다. 주민과 차량을 위해 단지 안에 설치된 볼록거울이었다. 소년은 거침없이 몸을 집어넣었다. 그러고는 들어가기 무섭게 튀어나왔는데, 손에 곰팡이가 새하얗게 낀 유리통이 들려 있었다. 소년은 소녀가 뭐라 물을 새도 없이 뚜껑을 열어 내용물을 소녀에게 쏟아 부었다. 잠에서 깨어난 별빛이 소녀의 온몸을 덮었다.

"예쁘다."

입이 찢어져라 웃는 소년을 보던 소녀가 자신을 뒤덮은 별빛을 내려다보았다. 새까만 어둠 사이로 소년의 황금빛 두 눈과 소녀만이 아름답게 빛나고 있었다.

소녀가 나직이 그를 불렀다.

"저기."

소년은 여전히 생긋거리는 얼굴로 자신을 올려다보는

소녀를 쳐다보았다.

"나, 물어 줘."

"그건 안 돼."

삽시간에 소년의 표정이 굳어졌다.

"왜?"

"좋은 상황에서 뱀파이어가 되는 경우는 없어. 죽음의 순간에 죽지 않기 위해 되는 거니까."

"괜찮아."

세상은 검고 어두웠고 소녀는 빛났다. 그 누구보다 생명이 가득한 영롱함을 온몸에 끌어안은 채 빛나고 있었다. 그러나 소녀의 목소리에는 힘이 없었다. 어쩌면 절체절명이라는 게 이런 것일 수도 있지 않을까 하고 소녀가 생각했다. 소년의 기억이 조금이라도 남아 있다면 마지막까지 거절했겠지만, 소년은 기억의 반 토막 이상이 소멸된 시간을 건너는 뱀파이어였다.

마지막

소녀는 소년을 똑바로 올려다보았다. 말없이 소녀를 쳐다보는 소년의 아랫입술은 다시는 열리지 않을 듯 다물려 있었다. 선명한 황금빛 눈은 여느 때와 달리 흔들리지도 붉은 기운이 어려 있지도 않았다. 손끝이 찌릿찌릿해지는 공포에 소녀는 어깨를 약간 떨었다.

마침내 소년이 입을 열었다.

"돌이킬 수 없어."

소년의 목소리는 낮았다. 그 어느 때보다 무거운 목소리였다. 소녀가 떨리는 목소리로 대답했다.

"알아."

소년은 소녀의 얼굴에 묻어나는 불안을 보며 속으로 한숨을 삼켰다.

"아플 거야."

소녀가 반사적으로 고개를 끄덕였다. 거친 고갯짓에 머리카락이 파도치듯 출렁였다. 각오를 받아냈지만, 소년은 소녀가 입을 고쳐 다물 때까지 고목처럼 서 있었다. 조금 망설이는 듯했다. 그러자 소녀가 소년의 어깨를 감싸 안았다. 데일 듯한 뜨거움에 소년의 살갗이 눌어 버릴 듯했다. 불타는 듯한 통증에도 머뭇거리던 소년은 천천히 소녀의 어깨를 감싸 안았다. 그의 창백한 손가락이 그렇게도 그러 쥐고 싶었던 소녀의 머리카락을 파고들었다. 소년이 나직이 속삭였다.

"오래 걸리진 않을 거야."

소년이 소녀의 목에 송곳니를 밀어 박았다. 근육이 갈가리 찢어지는 통증에 소녀가 발버둥 쳤다. 그럴수록 소년의 손가락이 소녀의 머리카락 사이사이를 더욱 깊숙이 파고들었다. 소년이 피를 삼켜 낼 때마다 중심을 잃는 소녀의 허리를 소년이 감아 당겼다. 소녀의 피가 넘어갈수록 소년의 눈은 붉게 물들어 갔다. 머리카락에는 이유 모를 윤기가 감돌았다. 소년은 전에 없던 날카로운 눈으로 흡혈을 하고 있었다.

지나치리만큼 차가워 뜨겁게 느껴졌다. 소녀는 정신이

아득해지는 와중에 피가 빨려 올라가는 것을 온몸으로 느끼고 있었다. 소녀는 온몸의 근육이 풀어지는 느낌에 숨을 멈추었다. 소년은 아주 천천히 피를 빨아올렸다. 조금씩 피를 삼키는 소년의 울대가 조금씩 비워지는 소녀의 목에 느껴졌다. 소녀는 나른한 느낌에 스르륵 눈을 감았다. 검은 세상에 무언가 반짝거리는 것 같았다.

마지막 한 방울을 삼킨 소년이 소녀의 목에서 입을 뗐다. 피가 말라 버린 소녀의 몸이 축 늘어졌다. 소년은 뜨거움과 핏기가 모두 사라져 버린 소녀를 품에 안아 들고는 슬픈 눈으로 내려다보았다. 소년의 귀에 더 이상 소녀의 생명이 느껴지지 않았다. 혈관은 모조리 비었고 소녀는 차갑게 식어 버렸다. 소년은 소녀를 꼭 끌어안은 채 자신 안에 맴도는 소녀의 생명을 곱씹었다. 소녀의 붉은 피는 소년 안에서 고요히 소용돌이치고 있었다. 한 방울 한 방울 그에게 흡수될 때마다 소녀의 감정이 함께 스며들었다. 소녀의 까만 눈동자와 마음이 마주칠 때면 소년은 소녀를 더 꽉 끌어안았다. 눈을 뜨지 않는 소녀를 보며 소년은 떨고 있었다.

"적응하려면 좀 걸리겠지."

소년은 소녀를 안고 방으로 돌아와 침대에 조심스럽게 눕혔다. 잠든 것처럼 누워 있는 소녀를 물끄러미 보던 소년이 중얼거렸다.

"당분간은 조심해야 해. 네 몸은 아직 완전한 상태가 아니거든. 되도록 햇빛을 직접 보지 마. 눈이 상해 버릴 거야. 은이나 수은도 조심해야 해. 이 시기에 다치면 회복이 어려워. 가장 중요한 건, 그 누구도 뱀파이어로 만들어선 안 돼. 그 인간이 뱀파이어가 되는 즉시 너는 죽을 거야. 흔적도 없이. 이건 어떤 수를 쓰더라도 되돌릴 수 없어. 완연한 뱀파이어가 될 때까지 조심해야 해."

소년의 지친 목소리에서 걱정이 묻어났다. 소년은 반쯤 감긴 눈으로 한참이나 소녀를 바라보았다. 석상처럼 같은 자세로 해가 떠오를 때까지 곁에 있었다. 소녀가 깨어날 기색을 보였을 때, 소년은 세상에서 가장 어두운 표정으로 억지 미소를 지으며 거울 안으로 몸을 밀어 넣었다.

인간 소년이 퇴원을 하고 정상적으로 학교에 돌아오기까지는 시간이 조금 걸렸다. 오랜 시간이 걸린 것은 아니었으나 점점 뱀파이어로 변해 가는 소녀에게는 시간이 몇 배 더 길게 느껴졌다. 소녀는 슬슬 더워지기 시작하는 날씨에도 긴소매 옷을 걸쳤다. 땅을 보고 걷는 한이 있어도 하늘을 쳐다보지 않았다. 소년이 말한 것이 어렴풋하게 기억나는 것도 있었지만, 왠지 그래야 할 것 같다는 본능 때문이었다.

텅 빈 소년의 자리를 보는 소녀에게 정운이 말했다.

"걱정되냐?"

"걱정?"

"그래, 걱정. 당연히 되겠지. 돌바닥에 머리를 박는 남자 친구라니."

정운의 말에 소녀가 딱딱하게 받아쳤다.

"재미없어."

"병문안은 갔어?"

"응."

"걔 그렇게 된 거, 네 잘못 아니다."

소녀가 정운을 쳐다보았다. 정운은 영문 모를 표정을 짓는 짝꿍을 보며 말했다.

"자책하지 말라고."

정운은 강아지 쓰다듬듯 소녀의 머리를 헝클어뜨리고는 교실 밖으로 걸어 나갔다. 소녀는 짝꿍의 뒷모습을 보다 손으로 시선을 떨어뜨렸다. 손가락에 허연빛이 돌았다.

인간 소년은 생각보다 건강한 모습으로 학교에 돌아왔다. 다친 부위는 앞머리에 덮여 보이지 않았기에 인간 소년은 애써 흉터를 감추려고 하지 않았다.

소녀를 물고 나서 소년은 더 자주 찾아왔다. 원래 이야기하는 것을 좋아하는 소년이었지만 그 일이 있고 난 뒤부터는 더 말이 많아졌다. 소년은 올 때마다 소녀의 상태를 확인했다. 그것을 소녀가 알았는지 아닌지는 확인할 수 없었지만.

소녀는 소년과 이런저런 이야기를 나누었다. 시간으로 따지면 소년에게 소녀를 보는 시간은 찰나에 가까울 것이었다. 소년은 항상 소녀에게 많은 이야기를 들려주었다. 소년을 물끄러미 보던 소녀가 말을 꺼냈다.

"너한테 시간은 길어, 짧아?"

"음, 요즘은 짧지. 내가 요즘엔 집에 붙어 있질 않거든."

소년이 씩 웃었다. 소녀의 손목을 주무르며 웃는 모습이 여섯 살짜리 아이 같았다.

"그거 좋네. 나는 좀 긴데."

소녀가 코를 긁적였다. 한참 소녀의 손목을 주무르던 소년이 순수한 얼굴로 고개를 들었다. 소녀가 그의 눈을 물끄러미 보다 입을 열었다.

"이제 여기 그만 와."

"뭐?"

소녀의 나지막한 말에 소년이 모든 동작을 멈추었다.

"이렇게 갑자기 말해서 미안해."

"갑자기 왜?"

"그 애가 많이 아파."

소녀는 금방이라도 울 것 같았다. 소녀의 팔을 붙잡은 소년의 팔도 덜덜 떨렸다.

"너무 많이 고통스러워해. 그 이유 중 하나가 내가 너를 좋아한단 거야. 인간인 자신이 아닌 뱀파이어인 너를 좋아하는 거. 나는 …… 네가 고통스럽지 않았으면 좋겠어."

소년이 고개를 숙였다. 더 이상 뜨겁지도 차갑지도 않은 손끝에 힘이 들어갔다 빠졌다.

소녀는 작은 목소리로, 그러나 강단 있게 말했다.

"너한테는 긴 시간이 아닐 거야. 네가 미래잖아. 네 과거는 지금의 네가 될 거야. 나도 이제 시간 때문에 죽지 않으니까 네가 조금만 기다려 주면 안 될까?"

소년은 아무런 대답도 할 수 없었다.

"난 네가 좋아. 코흘리개 때도 좋았고 일찍 커 버린 너도 좋았고 우울한 말만 해도 좋았어. 뱀파이어가 된 네 모습도 좋지만 나랑 같은 나이 먹은 인간인 너도 좋아."

소녀가 덧붙였다.

"현재의 너는 내가 미래의 네 모습을 좋아한다고 생각해. 내가 좋아한 사람은 언제나 하나였는데."

소년의 몸이 덜덜 떨렸다. 우는 것 같았다.

"난 항상 네가 날 좋아하면 좋겠다고 생각했어. 지금도 마찬가지야. 네가 스스로를 좋아하고 나한테 좋아한다고 말해 줬으면 좋겠어."

소녀의 눈에서도 눈물이 떨어졌다.

"난 현재의 네가 어떻게 돼 버릴까 무서워. 어느 순간 갑자기 없어져 버리거나 나를 진심으로 미워할 것 같아. 난 그게 너무 무서워."

소녀가 소년을 꼭 끌어안았다.

빛 한 점 들지 않는 방에 눈이 꺼진 남자가 앉아 있었다. 어두운 방은 녹아내린 듯 무거운 공기가 가득했다. 바닥은 한 발짝도 디디기 힘들 정도로 울렁였고 울음을 터뜨린 방이 머리를 뒤흔드는 소음을 냈다. 소년이 슬픔을 우짖고 있었다. 소년의 식구들은 슬픔에 몸부림치는 소년에게 함부로 다가가지 못했다. 숙모가 공포에 빠진 집안 식구들을 대신해 직접 나서야 했다. 우선 숙모는 소년의 건물 전체에 투명한 보호막을 덮어씌웠다. 보호막을 씌우자 곧장 울부

짖는 소리가 잦아들었다. 그와 동시에 보호막 안이 새까맣게 변했다. 바닥에서 올라오는 검은 슬픔이 보호막을 뚫고 나오지 못해 안에서 맴돌았다. 천장까지 타고 올라간 슬픔은 안으로 또 안으로 흘러 떨어졌다. 거대한 암막은 소년을 품은 채 그렇게 우짖음을 멈추었다.

숙모가 며칠째 검게 봉인된 소년을 보며 말했다.

"보호막이 얼마나 버틸 수 있을지 모르겠어."

이솔이 물었다.

"이유는 아세요?"

여전히 공포에 질린 눈이었다. 이솔은 차마 오빠를 들여다볼 엄두가 나지 않는지 고개조차 쉽사리 돌리지 못했다.

"저 안에 들어가면 물어볼 수 있겠지."

숙모가 이마를 짚었다. 며칠 전 새벽, 소년은 숙모 방의 가장 큰 거울에서 떨어져 나왔다. 소년은 눈을 제대로 뜨지 못했다. 핏기 없는 피부는 얼어 버릴 듯 차가웠다. 상태가 좋지 않았던 소년은 방으로 옮겨진 뒤로 모든 것을 무르게 만들었다. 슬픔이 소년의 온몸에서 뿜어져 나와 닿는 것마다 울렁였다.

숙모는 보호막을 만들기 전 소년의 얼굴을 확인했다. 눈물이 마른 눈은 황금빛조차 돌지 않았다. 숙모가 당부하듯 소년에게 말했다.

"형체를 유지하거라."

소년이 숙모를 올려다보았다. 소년의 눈에서 붉은 눈물이 흘러내렸다. 그 눈물이 떨어져 숙모의 손가락에 닿자 벌겋게 타들어 갔다. 숙모는 소년에게서 재빠르게 떨어져 모두를 지킬 암막을 만들어 냈다.

"나아지질 않는구나."

숙모가 윤기 없이 새까만 보호막을 보며 말했다. 손가락이 탄 자국을 손톱으로 건드렸다. 상처는 거의 나았는데 나은 자국은 파랗게 흉이 져 있었다.

"이러다가 삭아 버리겠어. 이솔아, 어르신을 모셔 오렴. 지금 이 아이에게 닿을 수 있는 사람은 그분밖에 없어."

숙모가 아직도 타들어 가는 흉터를 아프게 매만졌다.

*

소년과 헤어지고 나서도 소녀의 일상은 변하지 않았다. 언제나 아침 일찍 일어나 운동화를 챙겨 신고 엘리베이터를 탔다. 언제나 그랬고 앞으로도 그럴 것이었다. 오늘도 소녀는 망설임 없이 현관문을 열었다. 소녀의 앞에서 인간 소년도 현관문을 열고 나왔다. 등굣길에 마주치는 것도 오랜만인데, 이렇게 동시에 마주치는 것은 참으로 오랜만이었다.

"안녕?"

소녀의 인사에 인간 소년은 대답 없이 고개만 끄덕했다. 쌀쌀한 반응에도 소녀는 그저 고개를 돌릴 뿐 다른 행동은 하지 않았다. 엘리베이터는 1층에서 천천히 올라왔다. 두 사람은 엘리베이터가 올라오는 긴 정적 동안 아무 말도 하지 않았다.

인간 소년은 소녀의 얼굴을 쳐다보았다. 딱딱한 표정이었지만 예뻐 보였다. 그러나 소녀의 얼굴을 그저 노려볼 뿐이었다. 약속이라도 한 듯, 소녀와 인간 소년은 엘리베이터 문만 보았다. 엘리베이터를 타고 나서도 마찬가지였다. 엘리베이터 안에서 인간 소년이 먼저 입을 뗐다.

"너, 물렸지."

소녀가 그를 쳐다보았다. 소녀는 입을 달싹이지도 않았다. 인간 소년이 고개를 절레절레 저었다.

"결국 물렸네."

"그 애, 이제 안 올 거야."

엘리베이터는 꼼짝도 하지 않았다. 소녀는 자신을 노려

보는 인간 소년에게서 눈을 떼고 1층 버튼을 눌렀다.

"왜 안 와? 기껏 널 흡혈귀로 만들어 놓고?"

"내가 오지 말라 그랬어."

"단물만 뺀 거냐?"

"말을 왜 그렇게 해?"

"그럼 왜 목까지 물려 놓고 안 보겠단 건데?"

"난 너 기다릴 거야. 그래서 그랬어. 거긴 내가 없었어. 난 뱀파이어가 아니었나 봐. 그래서 너랑 있고 싶어서 되겠다고 한 거야."

"미래에서?"

"미래에서도."

"웃기지 마."

인간 소년이 냉랭하게 말한 탓에 소녀의 고개가 홱 돌아갔다. 곧이어 1층에 다다른 엘리베이터가 딩동 소리를 내며 열렸다.

"별것도 없는 인간보다는 볼 것 많고 할 것 많은 뱀파이어가 좋은 거겠지."

"그런 거 아니니까 말 자꾸 그렇게 하지 마. 내가 물어 달라고 한 건 너를 기다리고 싶어서였어. 네가 혼자 뱀파이어가 되지 않게."

인간 소년이 눈을 희번덕거리며 쏘아붙였다.

"날 위해서? 아니, 넌 나약하고 불안정한 내가 싫은 거야. 네가 날 진정으로 위했다면 이 불쌍한 삶을 외면하지 않았겠지. 내가 늙어 죽던 피 빨려서 흡혈귀가 되던 그건 나중 일이야. 네가 날 진짜로 생각했다면 현재에 충실했어야지!"

인간 소년이 소리를 꽥 지르고는 빠른 걸음으로 아파트를 빠져나갔다. 소녀는 분노가 가득한 뒷모습을 보고 서 있다 힘없이 걸어 나왔다. 햇살이 유난히 밝은 것 같은 아침이었다.

그 후, 소녀는 인간 소년에게서 소년과는 다른 것을 관찰하기 시작했다. 물론 다른 인간도 마찬가지겠지만 인간 소년은 소년에게서 볼 수 없었던 혈색을 뽐내며 햇빛 아래를 다녔다. 걸음이 자연스러웠고 피부가 부드럽게 움직였다. 소년에게서 찾아보기 힘들었던 생동감을 인간 소년은 너무나 당연한 듯 갖고 있었다.

눈에 띄게 창백해지기는 했지만 소녀의 얼굴과 몸에도 붉은 기운이 아직 남아 있었다. 소년이 모두 가져간 것 같았는데, 살갗이 찢기면 피도 흘렀다. 소녀는 손을 한참 내려다보다가 다른 쪽 손으로 꽉 잡았다. 전보다 옅어졌지만, 여전히 손은 울긋불긋했다. 소녀는 말이 없었다. 주변은 조용했고 귀에는 아무것도 들리지 않았다. 바람이 불어 소녀의 심장을 지나쳐 갔다. 소녀의 어깨는 한껏 내려가 있었다.

이솔이 모든 시간과 공간을 뛰어다녀 어르신을 데려왔을 때는 소년을 둘러싼 잉크 같은 보호막이 약간 작아져 있었다. 겉모양도 기괴하게 비틀려 있었다. 어르신은 공기에 탄 냄새를 흩뿌리며 피가 섞이지 않은 가족의 방에 다가갔다.

어르신이 또렷한 목소리로 말했다.

"엉망이네. 정말 네 말대로 삭아 버리겠구나, 이솔아."

어르신은 조금 더 자란 것 같은 머리카락을 휘날리며 거대한 보호막 앞에 섰다. 탄내가 남은 손끝으로 누르자 집을 지키는 암막은 한계인 듯 손끝이 누르는 대로 파여 들어갔다.

"어르신……."

"너무 무서워하지 말거라."

끝내 어르신이 보호막을 찢자 보호막을 가득 채웠던 소년의 슬픔이 봇물 터지듯 쏟아져 나왔다. 어르신은 보호막과 슬픔을 장작 삼아 불을 붙였다. 차가운 불이 소년 전체를 불태울 듯 타올랐다.

어르신의 강력한 불은 슬픔을 흔적도 없이 말려 냈다. 탄내가 집 전체로 퍼져 나가도 소년의 건물은 여전히 죽은 덩굴로 뒤덮여 있었지만 더 이상 우짖거나 울렁이지 않았다. 불에 탄 보호막의 잔해 사이를 어르신이 걸어 들어갔다. 소년은 숙모가 마지막으로 얼굴을 확인했던 그 자세 그대로 앉아 있었다. 눈에는 황금빛이 모두 사라졌고 그나마 있던 촉촉함 역시 온몸을 떠난 채였다.

"생각보다 더 상태가 안 좋군."

어르신과 숙모는 팔짱을 낀 채 소년을 내려다보았다. 숙모가 아직 타들어 가는 손끝을 보며 말했다.

"그래도 아직은 살아 있어요."

이솔이 물었다.

"오빠 왜 그런 거예요?"

어르신이 말했다.

"상사병이야."

"상사병이요?"

"좋지 않아. 시간을 건너는 뱀파이어 상태가 엉망이 되면 그저 폭탄밖에 되지 않으니까."

어르신이 소년의 눈을 감겼다. 황금빛 눈이 가려지자마

자 소년은 어르신에게 기대어 쓰러졌다. 그러자 소년의 방의 모든 덩굴이 사라지고 방은 언제 그랬냐는 듯 깨끗하고 고요해졌다.

겁에 질린 이솔이 어르신에게 물었다.

"깨어나지 않을 수도 있나요?"

"그래, 영원히 잠들 수도 있지."

"상사병이 그렇게나 위험한 병이에요?"

뜻 모를 표정으로 소년을 보던 어르신이 입을 열었다.

"인간의 시간은 흐르고 우리의 시간은 멈춰 있다고들 생각하지. 하지만 반대야. 종결되지 않는 시간에서 사랑을 상실하는 것만큼 고통스러운 게 또 있으랴. 그래도 깨어날 거다. 시간이 이 녀석을 깨울 거야."

*

어르신의 단언에도 소년은 꽤 오랫동안 누워 있었다. 수혈 덕에 파삭하게 말랐던 몸은 다시 회복했지만, 소년의 감긴 눈은 떠질 생각이 없는 듯했다. 소년의 방은 주인의 상태만큼 우중충했다.

소년을 보던 어르신이 말했다.

"예상 못 했던 건 아니지만 결과가 생각보다 가혹하구나."

담담한 어조였다. 어르신은 확실한 감정이 없는 표정으로 소년을 보다가 옆에 선 숙모에게 물었다.

"피가 얼마나 들어갔지?"

"저장해 둔 것 대부분이요."

"어느 정도 남았는가?"

"넉넉하진 않습니다. 그저 부족하지 않을 정도 남은 것이라……."

"이 집에 있던 것 대부분을 받았구나."

어르신이 몸을 낮춰 모든 걸 꿰뚫어 보는 듯한 눈으로 소년을 살폈다. 피가 끊임없이 들어가는 손끝을 따라 연한 분홍빛이 따라 올라갔다. 얼굴은 여전히 허옇고 파리했지만, 몸은 제법 인간 같은 느낌을 내고 있었다. 어르신이 미간을 구부리며 일어섰다.

"이제 수혈을 멈추거라."

"예?"

"많이 회복됐다, 이놈도."

"하지만 치료가 되기에는 수혈량이 적어요, 어르신. 분명 집 안 혈액 대부분을 사용했는데도……."

"피는 정신이 들 정도만 있으면 돼. 상사병에 필요한 건 행복이지 피가 아니란다."

평소처럼 당당하고 확신 넘치는 말투였다. 어르신이 소년의 손끝에 달린 수혈기를 전부 뽑아냈다. 다소 거칠게 뽑느라 붉은 피가 몇 방울 흩어졌으나, 소년의 아픈 몸이 그것들을 모두 끌어당겨 속에 품었다.

어르신이 부드럽게 말했다.

"그만 일어나거라."

상투적이었으나 위엄이 있었다. 어르신의 말은 마법 같았다. 주변에 떨어진 핏방울을 모두 흡수한 소년이 아주 느리게 눈을 떴다. 천천히 드러나는 황금색 눈동자가 어르신을 보았다. 초점도 없었고 붉은 기도 없었지만, 소년의 눈동자는 자신을 깨운 어르신을 똑똑히 보고 있었다. 어르신이 소년에게 다가가 속삭였다.

"보고 와야지, 그 애."

다정한 말이 소년에게 흘러 들어갔다. 어르신은 소년이 자신의 말을 기억할지 확신할 수 없었다. 소년은 목각 인형처럼 어르신을 보았다.

"그 애도 이제 우리 중 하나가 되었잖아. 시간이 그 애를 네게 데려다줄 거야. 네가 삭아 버리면 그 아이는 홀릴 수 없는 눈물을 흘리겠지."

　말을 흡수라도 하듯 소년의 황금빛 눈이 어르신의 말을 들은 뒤 저절로 감겼다. 소년은 하루를 더 꼼짝하지 않고 누워 있다가 옅지만 강한 해가 비치는 아침에 숨만 선사 받은 뼈처럼 일어났다. 뼈와 가죽만 남은 형상에 입조차 거의 열지 않았다. 웃음 대신 아픔이 자리한 얼굴은 극도로 수척해져 있었다. 소년의 황금빛 눈은 붉은 것이 잔뜩 드리워 흐리멍덩한 붉은 눈처럼 보였다.

　소녀는 오늘도 책상 앞에 앉아 있었다. 며칠 밤을 새운 것인지 잊어버릴 정도였지만 머리끝이 약간 따가운 것을 빼면 피곤하지도 않았다. 책은 며칠째 같은 페이지였다. 게다가 소녀가 시선도 주지 않고 연필을 문지른 탓에 상태도 엉망이었다. 형광등도 켜지 않았다. 동굴 같은 방 안을 차갑게 뜬 달이 비춰 주었다. 창문에 걸려 이지러지는 달빛이 소녀에게 쏟아졌다. 석고상처럼 앉아 있던 소녀가 의자를 밀어 뒤로 돌았다. 소년이 거울에서 나오고 있었다. 소년의 가리어진 황금빛 눈과 소녀의 빛 없는 눈동자가 마주쳤다. 소년이 거울을 박차고 뛰어나와 소녀에게로 안겼다. 심장이 뛰지 않는 소년의 거친 호흡이 소녀에게 똑똑히 파고들었다.

"보고 싶었어."

소녀는 잠시 망설이다가 손을 들어 가슴에 붙을 듯 안긴 소년을 천천히 다독였다. 소년의 등은 앙상하게 뼈만 남은 것 같았다. 안쓰러울 정도로 달라진 모습에 소녀는 숨이 턱 막혔다.

"괜찮아, 괜찮아."

소년이 소녀의 얼굴을 보며 말했다.

"난 그냥 네가 너무 보고 싶었어."

반짝거리는 황금빛 눈이 눈물 없이 울고 있었다. 소녀의 눈에서 눈물이 왈칵 쏟아졌다. 소녀가 소년을 끌어안았다.

"내가 너한테 무슨 짓을 한 걸까……."

그들의 해후는 그리 길지 않았다. 오래 서 있을 수 없는 소년은 소녀의 침대에 누워 소녀를 쳐다보았다. 소녀는 침대 아래 바닥에 주저앉았다. 그들은 아무 말도 없었다. 소녀는 안쓰러울 정도로 연약해진 소년을 천천히 토닥였다. 소년은 소녀의 손을 꼭 잡고 잠이 들었다. 소녀는 잠들지 않았다. 잠들 수 없었다. 잠을 자지 않아도 그리 피곤하지 않았기에 소녀는 해가 뜰 때까지 그렇게 앉아 있었다.

깊은 잠에 빠졌던 소년은 해가 하얗고 따가운 빛을 던질 때가 되어서야 일어났다. 얼굴빛이 한층 안정된 소년이 말했다.

"내가 미안해."

소녀가 말했다.

"미안해하지 마."

다정한 말투에 소년이 고개를 끄덕였다. 소년은 예전 같은 얼굴로 장난스럽게 웃어 보였다.

"많은 시간이 지났어. 감정이 내 안에서 휘몰아쳤고, 난 우리 집을 거덜 낼 뻔했지."

"미안해."

"약속 지킬게. 난 미래에서도 이 모습으로 있을 거니까. 인간인 그 애가 지금의 내가 아닐지라도 지금의 너에게는 그 애가 지금이니까. 기다릴 거야. 시간이 흐른 후에는 내가 지금이 되겠지."

조곤조곤 말하지만 힘이 실리지 않은 소년의 목소리는 오랫동안 소리를 질러 쉰 것 같기도 했다. 소년의 황금빛 눈이 햇빛에 보석처럼 반짝였다. 쏟아지는 햇빛처럼 웃는 소년에 소녀가 따라 미소 지었다.

*

소년의 말수는 눈에 띄게 줄어들었다. 집에서 그리 말이 많은 편이 아니기는 했으나 가만히 있는 편도 아니었다. 말랐던 몸은 다시 예전 모습을 갖춰 나갔으나 입은 점점 무거워졌다. 잠을 자거나 서재에 꼼짝하지 않고 책을 읽는 시간이 늘었다. 시간을 건너는 경우는 누군가가 부탁하거나 어딘가로 끌고 갈 때뿐이었다.

소년이 깨어나고 나서 어르신도 집에 머무는 시간이 늘었다. 소년이 느린 회복세를 보인 데다 집 안의 피가 거덜 날 지경에 이르렀기에 식구들의 식량을 끊임없이 조달해야 했다.

"이게 마지막이에요."

이솔이 등에 한가득 지고 온 혈액 팩을 내려놓았다. 숙모의 지휘 아래 집에서 일하는 뱀파이어들이 혈액을 정리하고 가공했다.

이솔이 물었다.

"오빠는 좀 어때요?"

소년과 하루가 멀다 하고 다퉜어도 걱정은 되는지 심각한 표정이었다. 숙모는 말없이 고개를 저었다. 숙모의 반응에 이슬이 코로 한숨을 쉬었다.

인간 소년은 소녀의 옆에 식판을 놓고 앉았다. 작게 한술 뜨던 소녀가 그를 쳐다보았다. 소녀는 말이 없었다. 인간 소년은 소녀를 쳐다보지도 않고 말했다.

"밥 먹어."

인간 소년이 깡마른 손가락으로 우악스럽게 젓가락질을 시작했다. 숨이 막힐 듯 답답한 식사였으나, 소녀는 오랜만에 그릇을 깨끗이 비우고 일어났다.

그 이후로도 소녀와 인간 소년은 대화가 없었다. 정적이 두 사람 사이에 자리 잡고 앉은 것 같았다. 이렇다 할 교류가 있는 것도 아니었다. 각자의 자리에 앉아서 각자의 일만 했다. 매우 매끄럽고 재미없고 건조한 하루하루가 반복되었다. 그러나 둘 중 누구도 그들의 현재 상황에 이의를 제기하지 않았다. 두꺼운 도로변 빙판 혹은 호수 위 살얼음을 걷듯 아래를 알 수 없는 침묵의 나날이었다.

소녀는 거울을 유심히 보는 버릇이 생겼다. 거울에 코를 붙일 듯 가까이 서서 눈을 깜박거렸다. 숙모는 은빛 눈이었고 이슬이나 다른 친구들은 붉은 것이 아른거리는 황금빛이었다.

소녀가 중얼거렸다.

"이대로 끝날 수도 있겠지?"

흰자위가 전보다 깨끗해진 것을 빼면 크게 달라진 구석이 없었다. 살이 좀 빠진 듯 옷이 약간 크게 느껴지긴 했지만, 두드러질 정도는 아니었다.

"뭐 하냐?"

인간 소년의 퉁명스러운 기척에 소녀가 자신의 눈동자에서 시선을 뗐다. 인간 소년이 윤기 없는 눈동자로 소녀를 보고 있었다. 먼저 불러 놓고 따로 하는 말은 없었다. 소녀는 그의 뻔뻔한 얼굴을 빤히 쳐다보았다.

"왜, 뭐 묻었냐?"

"저녁에 떡볶이 먹을래? 오늘 일찍 끝나잖아. "

갈 곳 없이 눈동자를 굴리던 인간 소년이 소녀를 쳐다보았다. 웃지도 않았고 따지듯 말하지도 않았다.

"그렇긴 한데……."

인간 소년이 꾸물거리자 소녀는 그에게서 시선을 거두었다.

"먹기 싫으면 말아."

소녀가 미련 없는 목소리로 제안을 접었다. 그리고 말없이 소지품을 정리해 가방에 집어넣기 시작했다. 교실 천장

등에서 나온 빛을 받은 머리가 건강한 푸른빛을 냈다.

인간 소년이 말했다.

"좋아."

그러고는 소녀가 고개를 들기도 전에 자리로 돌아갔다.

해가 길어진 덕에 하교하는 길에도 날이 밝았다. 인간 소년은 소녀를 곁눈질했다. 나무랄 곳 없는 소녀는 나무랄 것 없는 표정에 나무랄 것 없는 걸음으로 걷고 있었다.

인간 소년이 조심스레 물었다.

"매운 거 먹을 거지?"

"응, 싫어?"

"아, 아냐."

당황한 인간 소년이 빠른 걸음으로 앞서 걸었다. 긴장한 머리카락이 공중에서 팔랑거렸다. 소녀는 말없이 보폭을 맞춰 걸었다.

조한은 발을 털썩 떨어뜨리며 복도를 걷다가 소년의 서재 문을 벌컥 열었다. 낡은 종이 냄새가 코를 강타하다 은은하게 잦아들었다. 서재 바닥은 어질러진 책으로 엉망이었다.

"고생깨나 하겠구먼."

조한이 고개를 들었다. 매끈한 눈두덩 아래 눈알을 몇 번 굴려 소년을 찾아냈다. 소년은 꼭대기 층 난간에 기대앉아 책장을 넘기고 있었다. 곁에는 두껍고 딱딱한 책들이 탑을 이루어 서 있었다.

조한의 기척을 느낀 소년이 넘기던 책장을 덮고 팔을 흔들었다. 그러자 소년의 팔꿈치에 걸린 노란색 책이 잡을 새도 없이 떨어졌다. 책은 조한의 발치에 둔탁한 소리를 내며 떨어졌다.

"아!"

책이 떨어지기 무섭게 조한이 놀라 소리를 질렀고 소년은 뛰어내렸다. 깃털이 떨어지듯 바닥에 안착한 소년은 조한을 쳐다보며 물었다.

"괜찮아?"

"난 괜찮은데 책은……."

완전히 뒤틀린 책은 종이가 듬성듬성 빠져 바닥에 뒹굴었다. 소년이 조용히 책을 주워 들었다.

"볼 수는 있을 거야."

소년은 모든 것에 관심을 잃은 것처럼 굴었다. 책을 대충 털고 아무 곳에나 집어넣은 소년이 조한에게 물었다.

"왜 왔어?"

"왜 왔냐니, 섭섭하게. 네가 너무 방에만 있으니까 걱정 돼서 온 거지."

친구의 말에 소년이 피식 웃었다.

"뭐, 좀 놀러 다니면 기분 좀 나아지지 않겠어? 몸을 써 야 기분이 상쾌해지고 잡생각이 안 나지. 머리 복잡한데 글 자 집어넣으면 생각이 꼬여."

"그래, 그래."

소년은 건성으로 대답했지만 가볍게 대답하는 입과 달 리 눈은 오랜만에 밝게 웃고 있었다. 소년과 조한은 황금빛 눈을 반짝이며 서재에서 나왔다.

친구들은 소년의 기운을 북돋워 주려 노력했다. 조한은 높낮이가 일정하고 박자가 빠르지 않은 음악을 틀었고, 석 빈은 오늘 가공했다며 신선한 피를 한가득 가지고 왔다. 기 분 전환을 위해 장소도 집이 아닌 널따란 공용 정자를 선택 했다.

조한이 괜히 과장된 목소리로 물었다.

"다른 세상에 온 것 같지?"

소년이 힘없이 친구의 말을 따라했다.

"다른 세상……."

눈치 빠른 조한이 얼른 잔에 피를 채워 소년의 손에 쥐어 주었다.

"마셔."

소년이 억지로 웃으며 피를 한 모금 마셨다. 피를 섭취하기 전보다 더 피곤해 보였다. 눈이 더 감겨 있었다. 친구들의 극진한 위로도 소년의 마음을 달래 주기에는 역부족인 듯했다.

그러다 갑자기 소년의 눈꺼풀이 눈동자를 다 덮더니 붉은 물이 주르륵 흘러내렸다. 친구들이 재빠르게 소년을 데리고 돌아왔지만 소년은 여전히 온몸에 힘이 빠진 채로 눈에서 피를 흘렸다. 소년의 방 의자에 소년을 눕히자 어느새 도착한 숙모가 소년의 손끝에 수혈기를 채웠다.

"치료하느라 들이킨 피를 다 토해 내고 있는 거야."

"괜찮아진 줄 알았는데……."

소년은 이제 뜬 눈으로 눈물을 흘리고 있었다. 문이 벌컥 열리더니 어르신이 잰걸음으로 들어왔다. 그의 손에는 혈액 팩이 가득했다. 어르신을 따라 들어온 이솔은 들고 온 거대한 상자를 내려놓았다.

"전부 꺼내라."

어르신이 소년의 손끝에 피를 채워 넣었다. 이솔은 상자의 뚜껑을 열었다. 상자 안에서 내뿜는 냉기에 방 안은 순식간에 얼어붙었다. 이솔은 상자 혈액 팩을 꺼내 어르신에게로 던졌다. 소년의 온몸에 수혈기가 채워지고 엄청난 양의 피가 소년의 몸으로 들어가기 시작했다. 소년이 들이키는 만큼은 아니었지만, 소년의 눈에서는 눈물이 멈추지 않고 흘러내렸다.

어르신이 말했다.

"마셨던 피가 나오는 거야, 아직까지는."

"멈출 방법이 없나요?"

누군가 물었지만 어르신은 대답하지 않았다. 고개를 젓지도 끄덕이지도 않았다. 어르신의 시선은 다 죽어 가는 소년에게 고정되어 있었다.

조한이 소년의 머리를 쓰다듬으며 중얼거렸다.

"그 인간 여자 때문이야. 데려오죠, 까짓거."

어르신이 말했다.

"하지 마라."

"안 데려오면 애 살아날 방법 있어요? 뱀파이어가 먹는 피를 족족 토하면서 죽는다는 게 말이 됩니까, 어르신?"

조한은 지체 없이 행동했다. 한쪽 벽에 얼음을 만들어 붙이고 이미 차가운 공기를 그대로 벽에 눌러 붙였다. 그러자 투명한 반사면이 만들어졌다. 벽 하나를 통째로 채울 크기의 얼음이 만들어지자마자 조한은 주저 없이 그 속으로 뛰어들었다. 어르신이 붙잡을 새도 없이 조한은 소녀의 공간으로 떨어졌다.

떡볶이집 문고리를 잡은 소녀의 손을 누군가 세게 잡아 끌었다.

"뭐야!"

갑작스러운 상황에 소녀가 소리쳤다. 소년이 당긴 것이 아니었다. 얼굴을 보지도 목소리를 들은 것도 아니었지만 소녀는 알 수 있었다. 소년보다 더 메마른 손가락이 아직 벌건 빛이 남은 손목을 잡고 있었다. 소녀가 손가락의 주인을 쳐다보았다. 조한과 소녀의 눈이 마주쳤다.

"조한이?"

조한의 눈썹이 묘하게 비틀렸다.

"응, 나랑 좀 가자."

"어딜?"

소녀의 물음에 조한이 한숨을 쉬었다.

"내 친구한테."

"좀 닥쳐."

그때 감정이 부글거리는 목소리가 조한의 말을 끊어 냈

다. 인간 소년이 조한의 손가락을 더러운 것 떼어 내듯 뜯어냈다.

"뭐 하는 거야?"

조한은 인간 소년을 쳐다보지도 않은 채 말했다.

"가야 해. 지금 상태가 좋지 않아."

소녀가 냉정하게 말했다.

"저번에 봤을 때는 괜찮았어."

"뭐?"

당황한 조한이 소녀에게 설명했다.

"우리는 아플 일이 없어. 그런데 피를 온몸에 채워 넣을 정도면 죽을 수도 있다는 소리야."

"좀 마르긴 했어도 괜찮아 보였는데……."

소녀가 머리를 잘게 흔들었다. 눈을 꾹 감느라 미간이 찌푸려졌다. 조한이 소녀의 말을 받아 말을 이었다.

"괜찮았었지. 그때도 피를 엄청나게 공급해서 조금 나아졌던 거야. 근데 지금은 아니야. 더 많은 피를 넣어도 어떻게 될지 몰라."

"난……."

소녀가 주저하는 사이, 공중에서 펑 하는 소리가 터지더니 연기가 퍼졌다. 그 사이로 이솔이 몸을 반쯤 내밀었다.

이솔은 약간 화가 난 듯, 그러면서도 약간 슬퍼 보이는 얼굴로 말했다.

"언니, 가요."

"뭐?"

뭐라 말할 새도 없이 이솔이 소녀를 끌어올렸다. 시간을 건너는 뱀파이어의 강력한 완력이 소녀를 통째로 들어 올렸다. 이솔은 소녀를 끌어올리기 무섭게 시공간 저편으로 사라졌다. 잠깐 사이에 일어난 일이었다. 결과적으로 임무를 달성한 조한도 다시 시공간의 단면을 박차고 들어갔다. 그러나 그 찰나의 순간에, 인간 소년은 머뭇거리지 않고 조한의 팔을 붙잡았다. 조한을 따라 인간 소년이 시공간 저너머 소년의 방에 떨어졌다.

소녀는 당황하지 않았다. 방을 가득 메운 뱀파이어들, 엉망진창으로 놓인 줄들, 방 안을 뒤덮은 붉은 피 그리고 가운데 누워 있는 소년. 소녀는 상황을 제대로 파악하기도 전에 소년에게로 뛰어갔다. 소년의 눈물은 자신만 적시지 못하고 있었다. 그를 둘러싸고 있는 모든 게 붉게 물들어 있는데, 그 근원인 눈동자만 평소와 같이 고른 황금빛을 내고 있었다.

소녀가 소년에게 시선을 떼지 않고 물었다.

"왜 이러는 거예요?"

어르신이 대답해 주었다.

"살 수는 있을 거다."

"뭐라고요?"

소녀가 어르신을 올려다보았다. 어르신은 속 모를 표정으로 소녀를 내려다보았다. 그것뿐이었다. 눈물을 쏟아 내던 소년이 뻣뻣한 목을 돌려 소녀를 보았다. 소년의 황금빛 눈이 반짝였다. 덜 잠근 수도꼭지에서 흐르는 물처럼 쏟아지던 눈물이 빠르게 잦아들었다. 소녀가 소년을 내려다보며 울먹였다.

"괜찮아?"

소년의 입에서 목소리가 나오지 않았다. 소녀가 소년을 꼭 끌어안았다.

"괜찮아, 괜찮아."

"결국 이렇게 되네."

차갑고 무겁고 귓속을 파고드는 낮은 목소리에 소녀의 고개가 돌아갔다.

인간 소년이 소년의 거울 앞에 서 있었다. 인간 소년은 조한을 붙잡느라 달아오른 두 손을 꼭 쥐고 있었다. 박살나 간신히 형태만 유지하는 거울에 인간 소년이 수십, 수백 개의 조각으로 나뉘어 비쳤다. 인간 소년이 바닥에 흩어진 붉은 피를 찰박이며 말했다.

"결국 이렇게 됐어."

인간 소년은 풀린 눈으로 눈앞에 모인 모든 인물을 훑어보았다.

"처음부터 재수 없던 게 끝까지 재수 없네. 네가 안 왔으면 내가 이렇게 비참해질 일도 없었을 텐데."

단단하고 날카로운 말이었다. 인간 소년이 내뿜는 위압 감에 방 안 공기가 한층 더 차가워졌다. 인간 소년은 나직한 목소리로 느릿하게 말을 이었다.

"난 시작도 모를 고통 때문에 모든 걸 잊어버렸어, 알아? 그나마 남은 거라곤 하나뿐이었는데. 같잖은 게 알지도 못하는 데서 튀어나와서는, 착한 척은 있는 대로 하고 자기가 하고 싶은 건 내가 싫다 해도 다 해 버리고."

인간 소년의 바지 밑단에 붉은 피가 튀어 스며들었다. 그는 반쯤 가리어진 눈으로 방 안을 천천히 둘러보았다.

"잠깐만."

"조용히 해."

인간 소년에게 말을 걸려던 조한이 입을 다물었다. 인간 소년의 눈에는 조한에게 결코 달갑지 않은 것이 있었다. 열정을 잃은 인간이라 하여도 뜨거운 피가 온몸에 흐르는 이상 잃지 않는 생기가 있었다. 뱀파이어에게 존재할 수 없는 것이었다. 다른 뱀파이어의 시간을 끊으며 탄생하는 시간을 건너는 뱀파이어에게 그것은 가벼운 것이 아니었다. 살아 있는 인간의 눈에 비친 자신의 모습을 보는 것은 조한에게 매우 무섭고 두려운 일이었다.

인간 소년이 뒤를 돌았다.

"이기적이야."

수백 개로 쪼개진 거대한 거울이 그를 비추었다. 인간 소년은 거울 속 풍경을 찬찬히 들여다보았다. 익숙한 듯 징그러운 풍경에 그가 코웃음을 쳤다. 인간 소년은 소년을 끌어안고 있는 소녀를 거울로 뚫어져라 쳐다보았다. 그리고 이내 입을 다물었다.

"안 돼!"

소녀의 외침에 인간 소년이 거울 속 자신의 얼굴로 고개를 돌렸다. 하지만 그의 몸은 거울과 멀어지지 않았다.

"내가 없으면 저 녀석도 없는 거겠지."

"그러지 마!"

소녀가 거의 외마디 비명을 지르다시피 그를 부르며 자리를 박차고 일어났다. 인간 소년의 행동은 아주 재빨랐다.

그의 주먹이 거울을 강타하자 간신히 형태만 유지하던 거울이 이빨을 모두 떨어뜨렸다. 소녀의 손에 감싸졌던 소년의 시선이 천장을 향했다. 동물적인 감각으로 뛰어나간 소녀였지만, 인간 소년에게 바로 닿을 수는 없었다. 인간 소년은 자신을 향해 뛰어오는 소녀를 바로 보며 자신의 배에 거울 조각을 찔러 넣었다.

소년의 황금빛 눈이 꺼멓게 빛을 잃었다. 빛을 잃은 눈을 얇은 눈꺼풀이 재빠르게 가렸다. 수혈기가 채워진 팔다리가 물에 젖은 것처럼 가라앉았다.

어르신이 핏물을 박차 올리더니 불을 붙였다. 코를 마비시키는 타는 냄새가 온 방 안을 파고들었다. 불꽃은 곧장 인간 소년에게로 날아갔다. 인간 소년은 거대한 불이 덮치는 중에도 자신을 향해 달려오는 소녀를 똑똑히 보고 있었다. 소녀의 차가운 손이 인간 소년의 뒷목을 끌어안았고 모든 감각을 지워 버릴 듯 뜨거운 불꽃이 두 사람을 통째로 집어삼켰다.

아무도 없는 조용한 집에 벽난로만 작게 타올랐다. 벽난로 속 붉은 불꽃 사이로 거대한 두 형체가 굴러떨어졌다. 소녀는 꿈틀거렸지만, 인간 소년은 미동도 없었다.

소녀가 배를 움켜쥐고 짐승이 우짖는 듯한 신음을 내뱉었다. 배를 누른 손에 자꾸만 피가 배어 나왔다. 소녀는 등도 펴지 못한 채 주위를 두리번거렸다. 소녀는 배에 거울 조각이 박힌 채 죽은 듯 누워 있는 인간 소년에게로 기어갔다. 움직일 때마다 벌어지는 상처에 소녀가 눈물을 줄줄 흘렸다. 소녀는 망설임 없이 소년의 배에서 거울 조각을 뽑아 내던졌다. 그리고 인간 소년의 상처에 얼굴을 박았다. 소녀는 두 눈을 감고 인간 소년에게 남아 있는 피를 모두 빨아들였다. 인간 소년이 피를 많이 흘린 탓에 소녀가 마신 피는 그리 많지 않았다. 피를 모두 거두어들인 소녀가 그를 바라보았다. 피범벅이 된 손으로 인간 소년의 얼굴을 쓰다듬고는 조용히 속삭였다.

"괜찮아, 이제 안 아플 거야……."

소녀가 눈물을 주르륵 흘렸다. 고통에 몸부림치며 흘렸던 눈물과는 조금 다른 눈물이었다. 인간 소년의 얼굴을 매만지는 소녀의 눈에 눈물이 끝없이 차올라 흘러내렸다. 소녀는 덜덜거리는 입으로 미소를 지었다.

"괜찮아, 괜찮아."

눈물이 소녀의 얼굴에서 흘러 인간 소년에게로 떨어졌다. 소녀가 인간 소년의 온 얼굴에 입을 맞추었다. 인간 소년의 얼굴은 피범벅이었지만 소녀가 봤던 얼굴 중 가장 평온한 얼굴을 하고 있었다. 마치 좋은 꿈을 꾸듯, 아프지도 슬프지도 않은 모습이었다. 소녀는 인간 소년을 끌어안았다. 끌어안는 소녀의 손에 힘이 없었다. 소녀는 자신의 손끝이 사라져 가는 것을 보았다. 소녀의 얼굴이 일그러지며 통증에서 오는 앓는 소리를 뱉었다. 그렇지만 소녀는 인간 소년을 끌어안은 팔을 풀지 않았다. 소녀는 손이 다 사라져 버렸는데도 인간 소년을 보고 있었다. 마지막으로 소녀가 온몸으로 인간 소년을 끌어안으며 입을 맞추었다.

　벽난로가 듣기 좋은 소리를 내며 타올랐다. 공기는 따뜻했고 오래되지 않은 카펫에 한 명의 소년이 누워 있었다. 무슨 일이 있었던 것인지 주변과 옷은 온통 갈색으로 물들어 있었지만, 따뜻한 불꽃 앞 소년은 그 누구보다 평온하게 잠들어 있었다.

작가의 말

행복합니다.『심장이 뛰지 않는 소년을 사랑하면』은 전업 작가를 해 보자 결심했던 시기에 작업했던 열정 넘치는 작품 중 하나입니다. 하이틴과 판타지를 쓰고 싶다는 확고한 욕망으로 시작한 작품이라, 어떻게 보면 가장 순수한 상태에서 쓴 작품이기도 합니다. 독자 여러분 앞에 정식으로 내밀 수 있어서 감개무량합니다.

누군가를 사랑하게 되면 행복해지지만, 그만큼 고통스러워지도 합니다. 그 사람은 내가 아니기 때문입니다. 그 차이를 가장 절실히 느끼는 순간이 청소년 시기에 겪는 사랑이지 않을까요?

청소년 시절은 아이와 어른의 중간 시기로 많은 것을 고민하고 생각합니다. 어렸을 때 막연하게 좋아하니까, 하고 생각하던 것이 사랑하니까, 로 넘어가며 느끼게 되는 많은 차이점을 담아내고자 했습니다. '너는 내가 아니다'라는 것을 인정하는 것 말입니다. 자연히 희생이 따를 겁니다. 감당하고 싶지 않은 것이 생겨도 감당해야 할 수도 있습니다. 그래도 어쩌겠어요? 사랑하는데. 이것이야말로 누구나 할 수 있는 사랑이 하찮고도 위대한 대접을 받는 가장 큰 이유이지 않을까 싶습니다.

소녀는 소년을 있는 그대로 받아들입니다. 단지 종잡을 수 없을 때를 감당하기 어려워할 뿐이죠. 소녀의 사랑은 죽지 못해 사는 소년에게 새로운 삶을 줍니다. 많은 것이 꼬였지만, 소년은 고통스럽게 살지 않던 시기로 영원히 돌아가게 됩니다. 이상적인 형태는 아닐지라도 소녀와 소년은 행복할 거예요. 소녀는 소년의 곁에 있을 수 없고, 소년은 소녀를 기억할 수 없겠지만 말이죠.

초고를 집필할 당시 굉장히 들떠서 썼던 기억이 납니다. 남에게 보여 줄 소설을 쓰는 것이 익숙하지 않았지만 그래서 더 열정이 넘쳤습니다. 열정만 가득하다고 해도 과언이 아닌 글을 하나의 멀쩡한 소설로 다듬어 주신 편집자님과

세상에 다시 나오게 해 주신 이지북 관계자님께 다시 한번
감사드립니다.

허달립

심장이
뛰지 않는

소년을
사랑하면

© 허달립, 2023

초판 1쇄 인쇄일 2023년 11월 20일
초판 1쇄 발행일 2023년 12월 8일

지은이   허달립
펴낸이   강병철
편집   최웅기 박진혜 이태은
디자인   이도이
마케팅   이언영 연병선 한정우 윤선애 최문실 최혜린
제작   홍동근

펴낸곳   이지북
출판등록   1997년 11월 15일 제105-09-06199호
주소   (04047) 서울시 마포구 양화로6길 49
전화   편집부 (02)324-2347, 경영지원부 (02)325-6047
팩스   편집부 (02)324-2348, 경영지원부 (02)2648-1311
이메일   ezbook@jamobook.com

ISBN 978-89-5707-752-8 (43810)